ぼくたちと駐在さんの700日戦争 24

ママチャリ

小学館文庫

小学館

目次

第24章　花ちゃん外伝　マスカレード …………… 7
マスカレード　第四幕　マスカレード

　　第1話《GS》気になる女（1）
　　第2話《BS》気になる女
　　第3話《GS》気になる女（2）
　　第4話《GS》リアル
　　第5話《BS》アレックス再び（1）
　　第6話《GS》襦袢会議（1）
　　第7話《BS》アレックス再び（2）
　　第8話《GS》襦袢会議（2）
　　第9話《BS》アレックス再び（3）
　　第10話《GS》女同士
　　第11話《BS》アレックス再び（4）
　　第12話《GS》幸福の残骸（1）
　　第13話《GS》幸福の残骸（2）
　　第14話《GS》友情と対立と
　　第15話《GS》2枚のチケット（1）
　　第16話《BS》2枚のチケット（1）
　　第17話《GS》2枚のチケット（2）
　　第18話《BS》2枚のチケット（2）
　　第19話《GS》2枚のチケット（3）
　　第20話《BS》2枚のチケット（3）
　　第21話《GS》市営グランドの決戦（1）
　　第22話《BS》市営グランドの決戦（1）
　　第23話《GS》市営グランドの決戦（2）
　　第24話《BS》市営グランドの決戦（2）
　　第25話《GS》市営グランドの決戦（3）
　　第26話《BS》市営グランドの決戦（3）
　　第27話《BS》市営グランドの決戦（4）
　　第28話《GS》市営グランドの決戦（4）
　　第29話《BS》市営グランドの決戦（5）
　　第30話《GS》エッセンス（1）
　　第31話《GS》エッセンス（2）

心霊研究会の怪談大会 ……………………………201
　　1.『チャーリーの哀しい怪談』
　　2.『姉とか妹とか』
　　3.『怪談大会クライマックス！』
　　4.『不在者』

シリーズ河野『俺のつらい過去』……………………221
 その1『ペア』
 その2『さらしもの1』
 その3『さらしもの2』
 その4『俺の人生の転機』
 その5『ままごと』
 その6『かくれんぼ』

詩集発表会………………………………………………235

付録：西条くんの『あってないけどそれなりに意味だけ通じる諺』辞典　小学館版……………………255

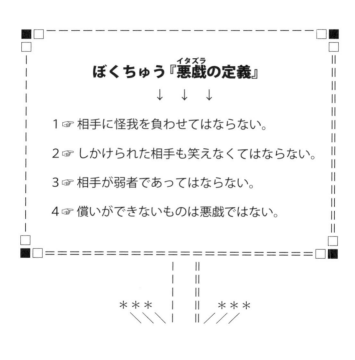

ぼくたちと駐在さんの700日戦争【悪戯順番表】

※本シリーズはブログが元となっているため、時系列に沿っておりません。
参考までに時間の流れと、各巻のおおよその位置を一覧にしておきます

学年							巻・タイトル
小		▽⑬ ジャスミンティにクロワッサン					
小	▽	▽③ 小さな太陽					
小	▽	▽	⑤ふりむき地蔵				
中	▽	▽	▽⑭ デートリッヒ物語				
中	▽	▽	▽	⑤ 夏いちりん			
中	▽	▽	▽	⑪ 本当の英雄			
高1		▽	▽	① SIDE BY SIDE			
高1		▽	▽	⑦ 桜月夜			
高1			▽	▽㉒㉓㉔ マスカレード			
★駐在さん赴任★							
高2			▽	▽	▽⑰ チクリ小町のポーラスター		
高2				▽	▽	▽	① 俺たちは風
高2				▽	▽		▽② 花火盗人
高2				▽	▽	▽	⑤ すもももももも
高2		▽	▽	▽	▽	▽	③ 星のメドレー
高2				▽	▽		④ のぶくんの飛行機
高2				▽	▽		② ポップコーン戦線
高2				▽	▽		⑥ マリア様によろしく
高2					▽		⑧ 失恋注意報
高2					▽		⑨ プロポーズはテノールで
高2	▽			▽	▽		⑭ 早苗さんの卒業式
高2	▽			▽	▽		▽⑮⑯ 神様への挑戦状
高3				▽		▽	▽⑩ 走れ！　チャーリー号！
高3				▽		▽	▽⑪ スイートピーロード
高3				▽		▽	▶⑱ 枯れる花　咲く花
高3				▽			⑫ アンダルシアからの手紙
高3				▽			⑲ アパッチじいさんと銀杏の木
高3				▽		▽	⑳㉑ 井上くん革命
高3				▽			⑪ 晴れて風なし

花ちゃん外伝
マスカレード

【第一幕〜第三幕のあらすじ】

■素性

　京都の老舗和菓子店『橘(たちばな)』の娘、斎藤 花(さいとう はな)は、母親を4歳で亡くしている(半分実話)。

　父親は、ママチャリたちの地域にある洋菓子店の跡取りで、店に和菓子製作の見習いに来ている時に、ひとり娘と恋に落ちたが、娘には許嫁(いいなずけ)もおり、当然ながらその恋は御法度。
　店主(花の祖父母)の猛烈な反対に合い、店をクビになるが、2人はカケオチ。
　知人のツテでフランスに修業に渡り、そこで第一子である花が生まれる。

父親は、フランスで認められ、店を任されるまで出世するが、母は、4年後に弟を生んだ時に、産後の肥立ちが悪く、医師に言葉が伝わらなかったがゆえに処置が遅れ、花たちを残したまま帰らぬ人に。

　娘が異国で亡くなったことを知った祖父母は激怒。
　花たちをどちらが引き取るかで揉めに揉め、弟は『橘』の跡取りとして京都へ。花は、しばらくの間、仲介者であるグレート井上家に預けられる（22巻）。

　結局、フランスにいる父親には、養育能力がないということから、花も祖父母が引き取ることとなった。この時、花は5歳。

　橘のシキタリに従って、許嫁（グレート井上）を設けたことから、「いずれにせよ苗字（みょうじ）は井上に変わる」ことと、都合上、父親の姓である『斎藤』を継ぎ、『橘』姓の弟とは苗字が異なることになる。

■第一幕《GS》　京都での暮らし・キンタへの横恋慕

祖父は、娘の敵である『斎藤』姓の花を嫌ったが、祖母は分け隔てなく老舗『橘』の娘として教育した。
　茶の湯、華道、日本画、薙刀から古武道まで。名家である『橘』に伝わる伝統教育は、フランスで自由に育った花にはキュウクツで、時折ハメを外す事も多く、その都度、使用人たちに迷惑をかけまくる。

　あまりのオテンバさに手を焼いた祖母が、古武術道場の師範である「女センセ」に頼んで雇った薙刀の師範が、武蔵坊弁慶を彷彿させる奄美男児のキンタ。
　花は、最初こそ反発するものの、やがて強くて実直なキンタに惹かれていく。

　しかし、キンタは、実は女センセと学生運動時代からのつきあいで、花にもまた、井上という許嫁がいた。

　この頃に、花は、使用人のコウスケから「フランスのラジオ放送が聞ける」という薦めで、BCL（ブロードキャスティング・リスニング）を始める。
　そこで、ラジオが捉えた謎の放送。これが、森田のアマチュア無線の電波だった。

通信の中で、井上の学校名が出て来て花は慌てる。井上に関係していることもさることながら、その高校の所在地が、父の実家のある地域であったからだ。
　しかし、ラジオは受信はできても発信はできない。

■第一幕《BS》森田(もりた)と京都大学の通信

　ママチャリや西条たちは、ちょうど２年生になる前の春休み。
　年度末で、お世話になった（迷惑をかけた）前任の駐在さんが転任されるというので、お別れの挨拶に駐在所を訪ねる。
　が、駐在さんは、赴任最後の仕事として「テレビの電波障害事件」を追っており、さっそくママチャリたちに疑いの目を向ける。

　実はママチャリには思い当たるフシがあった。
　森田が、アマチュア無線の上位資格をとり、自作の電波増幅装置を作ったことだ。
「なんとか森田を止めないと！」
　電波法違反で捕まってしまう。

そこまでの騒ぎになっているとは、露ほども知らぬ森田は、「交信全国制覇」を果たすために大出力で交信を続け、その交信の中で、京都大学の無線部から「人さがし」の依頼を受ける。

　それは、京大OBのキンタを通じた花による「実の叔母」探しだった。

■第二幕《GS》奄美~父の故郷へ

　キンタの京都大学の後輩・無線部のモッサイ大王（足立）の通信のおかげで、父親の実家にいるはずの妹（叔母）妙子を見つけた花。なんとかそこから実の父に会えないものかと考えるようになる。

　そこに、女センセと結婚し、奄美へともどったキンタから披露宴の招待状がとどく。
　列席するため、女センセの弟「男センセ」と、奄美へ向かう花。

　実は、披露宴は、キンタが花を叔母と会わせるために考えた手段のひとつだった。

叔母に会いに行くよう奨めるキンタ。
　ついに花も、これに従うことを決意する。

　ところが、肝心の叔母「妙子」と連絡がとれなくなり、京大の足立に頼んで無線連絡をとるも、結局出発を１日遅らせることに。

■第二幕《BS》いざ空港へ！

　それが花の叔母などとは、まったく知らずに、新人ジェミーの手柄（？）で、「斎藤　妙子」を探し当てたママチャリたちだったが、森田の方には、面会当日に妙子が空港に来れなくなったという緊急の通信が京大の足立から入る。
「君らが知らせに行ってくれないか？」
　森田の再びの依頼に、西条たちが「相手が17歳の女の子」なので快諾。
　メンバーは、一路空港へと向かう。

　が、花が１日遅れることを西条たちは知らなかった。

■第三幕《GS》父に会いたい

　１日遅れで、到着した父の故郷。
　が、空港に迎えに来たのは、叔母ではなく、その夫で、父の弟子というケンイチ（ケーキ屋ケンちゃん）と、その舎弟のヤクザたちだった。

　そのまま花は、義理の叔父ケンイチの経営するケーキ屋へ向かう。

　緊急入院していた叔母「妙子」との面会も果たし、父が自分に会いたがっていたことを知った花は、ついに父の住む家へと足を向ける。

　が、そこで迎えたのは見知らぬ大人の女性。

　父に、母とはまったく別の家庭があることを悟った花は、失意のまま、禁を破って井上家へと向かう。
　が、途中で追いついて来た低気圧に、雷雨の中で電話ボックスで泣き崩れていたところ、停電の現状調査をしていた警察官（駐在さん）に保護される。

■第三幕《BS》謎の電話と水無月(みなづき)

　春休みを「妙子サン探し」に明け暮れたママチャリたちは、実は春休みも課題があることを今さら知り、「困った時の井上だのみ」で、井上家に集合していた。

　そこで、井上家に１本の電話が入る。
　その電話こそ、電話ボックスの花からだった。

　名乗らない相手に不信に思った井上は、その女性が「自殺するのではないか？」と案じて、ママチャリたちにその電話ボックスを探して、思いとどまらせるよう頼み込む。

　しかし、あいにくと外は雷雨。
　しかも電話ボックスと言っても、いくらでもある。
　井上は、鳴り出した雷と、受話器から聞こえた雷の音の時間差で距離を割り出し、電話ボックスを特定。
　メンバーたちは、雷雨の中をその場所へ。

　しかしタッチの差で目的の女の子（花）はパトカーに乗せられ、駐在所へ。

「井上の声だけ届けよう！」
　駐在さんだけが駐在所に入ったのを確認したママチャリは、河野の持っているラジオのワイヤレス機能を使って、パトカーに乗ったままの花に井上の言葉を伝えることに成功するも、駐在さんが戻ってくると、ラジオを乗せたままパトカーが発車！

　河野のラジオが持ち去られてしまったため、ママチャリたちは、乗せられていた花を見つけ出さなくてはならないハメになる。
　手がかりは、花が残した和菓子『水無月』と同封されていた写真のみ。

　菓子屋を調べていくうちに、ママチャリたちは、期せずして花の実の父親に辿り着く。

第24章
花ちゃん外伝

マスカレード

たとえば今日の君がひとりぼっちだったとしても

明日の君がそうとは限らないだろう？

来年の君がそうとは限らないだろう？

５年後の君。10年後の君‥‥‥‥。

うまく言えないけれど。たくさんの人が、君を待ってる。

マスカレード

第四幕

マスカレード

第1話《GS》気になる女（1）

　秋口に入ると、京都の町は一変する。
　地方からの大量な修学旅行生で溢れかえるからだ（当時の修学旅行は9～11月の秋）。
　菓子屋の老舗である橘も、祇園祭の時期に次いで忙しい時期になる。
　この時ばかりは、ウチに限らず商店の娘らはみな、学校から直帰で、お店に出て手伝いをするのが決まり。
　労働基準法も青少年保護育成条例もヘッタクレもない。猫の手も借りたいのだから、娘の手だって借りる。
　ウチも中1の時分からそうしていた。

　ううん。悪いことばかりやおへん。「お稽古ごと」も半分以上は中止になるから。
　むしろ、毎日が修学旅行の方が、ウチの性に合うとる。

「井上のお義父様からどすか？」
「せや。よろしゅう頼まれよってナァ」

この年が、それまでの修学旅行繁忙期と異なったのは、祖母が入院したことと、許嫁である井上はんが、その修学旅行に参加する学年であったということ。

「井上はんの同級生？」
「同級生かどうか知らんが、ま、井上はんのボンと同じガッコであることには違いあらしまへん」

　井上はんたちの学校も、修学旅行先が京都であることは、JR7の通信でも知っとった（㉑巻）。なんらかの〝ニアミス〟が、あってもおかしくないとは思っておったけど。

「井上はんも？」
「井上はんのボンは、さすがにおらへんやろ。そこは井上家でも心得てはるよってナァ」
　お祖母様も、なかば苦笑いしながら言った。

　聞けば、井上はんの学校の同級生が、修学旅行の自由研究のテーマに『京菓子の歴史』を選んだらしい。ありがちなテーマだ。

京都でも、本来の「和菓子屋」は橘を含めてもわずかしかない。元々が200軒あまりしかないのだから当然だ。
　他の学校からも、毎年ぎょうさん似たような申し出はある。

　それを、井上はんと親しいオナゴがおって、お義父様にウチの店を紹介してくれるよう頼んだらしい。

「井上はんと親しい女の子‥‥‥‥‥」
「そらぁー、井上はんのボンかておりますやろ。そもそもが3分の2は女子いうガッコらしいし」
「そらそうやろうけど‥‥‥‥‥」

なんかおもろない。

　つまりその女は、井上家と橘のことを知っとるいうことで─‥‥‥‥、なまじっかな関係ではない。その女。

「いや、本来なら、ウチがご案内できればと思うとったんやけど。何ぶんにも、この状態ではナァ‥‥‥‥。10月まで生きとるかも怪しいよって‥‥‥‥」
　ベッドに寝たままで、弱々しく祖母が言った。

「お祖母ちゃん。そないなこと言わんといて」

　井上家のお義父様じきじきの頼みとあらば、おろそかにするわけにいかない。
　祖父は商店にあるまじき「ひたすらに無骨な職人」で、女子高生相手などというチャラチャラしたことはできない人だ。
　そもそも特別客には、茶の湯をもって迎えるのが老舗の習わし。代々、女系の主(あるじ)だった橘ならではの慣習だ。
　弟の春樹(はるき)も店の者も職人も、みな茶の湯はやらされとるけど、ウチと同じくらいなのは職人頭の三好(みよし)くらいだし。古い店では、接待は元来おなごの役目。

「アンタでも、ちぃと不安は残るけどナァ」
「大丈夫。お祖母ちゃん。心配せんといて！」
「ほな、利休心得」
「千客万来」
「一期一会やろ。アホ！」
「千客万来の方が、一期一会より一千倍も一万倍も景気ええ」
「景気の問題やおへん。こん子はホンマに‥‥‥」

「粗相のないようになぁ。あんじょう‥‥」
「へえ。心得とります」

　それにしても井上はんと親しいいうその女‥‥‥‥。

　‥‥‥‥気になる！

「粗相のないようにな？　花？」
「へえへえ」

　祖母には、まるでウチの心の中が見えているようだ。

第2話《BS》気になる女

　この時期になると、話題はもっぱら修学旅行。どこの学校でもそんなものでしょう。
　特に、まる２日間（正確には１日半）、生徒たちだけの自由行動となる『自由研究』は、女子たちの井戸端ミーティングを占めていて、普段話の中心になるアイドルたちは、どこかに追いやられてしまったかのようです。

それでも、
「新京極あたりは、けっこうな猛者(もさ)がいるらしいぜ」
「地元はヤバイぞ、地元は」
「そう言えば、工業も同じ時期に京都なんだってな」
「マジかよ？」「腕がなるぅ！」
「いや、ヤバイってのに」
　京都での「イザコザ」に胸を躍らせてる男子よりは、大分マシとも言えます。

　旅先での他校との揉(も)め事は、（当時は）当然のような出来事で、西条(さいじょう)・孝昭(たかあき)という揉め事のベテランのいる僕たちにとっては、むしろ「起きない方が不思議」なことでした。
　コッチが望む望まないにかかわらず、そういうのを引き付ける「磁力」があるのです。それも強力な。

　自由研究のグループは、学校の班がそのまま適用された８人で１編成。３分の２が女子ですから、男女比はおおよそ♂３：♀５です。
　あゝ神よ。我々は、こんなに恵まれててよろしいのでしょうか？

歴代、この修学旅行のグループでカップルができるのは、もはや慣習みたいなもので、去年の２年生＝現３年生にもこの時からつきあっているというペアが、けっこういたりします。
　したがって、心中おだやかじゃないのは他のクラスに片思いの男子のいる女子。

　僕にとっての和美（かずみ）ちゃんもそのひとり（この時点ではつきあっていない）。

「理恵（りえ）と一緒じゃなくって残念だネ‥‥‥」（⑰巻参照）
「え？　小町？」
　だから、チクチクこんな皮肉も言って来たりします。

　小町＝小野（おの）理恵は、和美ちゃんの親友で、初夏〜夏休みにかけて急速に僕と接近した同級生。
　席が僕の隣りでしたから、そのまま行けば、僕の自由研究グループになっているはずでした。
　それが、夏休みの間に関西方面に転校。
　修学旅行のパンフレットは、夏休み前には作られるの

で、そこにある『小野理恵』の名前は、僕にとっても、和美ちゃんにとっても複雑な思いがありました。

「理恵ネ、君と修学旅行、行きたかったと思うんだ」
「ハハ……。まさか」

　和美ちゃんにすれば、自分の紹介した女友達の方が（僕と）親しくなったのですから、そりゃぁおだやかではなかったでしょう。

　追いつめられた僕は（なんで追いつめられているかよく分からないんですが）、
「か、和美たちのグループは、なんにしたの？　自由研究」
　いきあたりばったりの、ホントに「どーでもいい」質問に逃れました。

「あたしたち？『和菓子の歴史』」
「へーーーー。和菓子？」

　この時は、とにかく逃れたい一心で、「またしても和菓子？」くらいしか考えませんでした。

『斎藤 鯛子を探せ！』から、今年はずいぶんと和菓子に縁がありましたが、京都と和菓子という組み合わせが、あまりに当たり前すぎて。

「井上クンのお父さんが京菓子屋さんと親しいから、ご紹介いただいたの」
「井上のオヤジ？」
　これまた井上家と和菓子屋という「今年のキーワード」みたいなのが揃いましたが、小町のことで一方的防衛にまわっていた僕にとって、絶好の逆転のチャンス！『アタック25*』の児玉清の声が聞こえて来るかのようでした。
【*パネルクイズアタック25は、1975年４月の開始】

「和美は、井上と仲いいなぁー」
「え‥‥‥‥」

　これで攻守逆転！
　小学校からグレート井上くんと同級生で、噂もあった和美ちゃんには、最もつっつかれたくない所です。
　あゝ我ながらエゲツない。

第24章　花ちゃん外伝　マスカレード

「井上クン？　井上クンは‥‥‥‥」
　ほ〜れほ〜れ。
　和美ちゃんにしたら、もはや小町どころじゃない話。

「‥‥‥‥‥井上クンは、君とよく似てるけど‥‥‥まるで違うヨ」
「まぁね。僕は井上ほど頭もよくないし、金持ちでもないからな」
　この女の腐ったような皮肉っぷり！
　我ながらホレボレします。

「それはそうだけど‥‥‥」

　そのまんま肯定かよっ!?　‥‥‥‥‥けっこうショック。
　ちっとは否定が混じるかと思ってたのに。
　しかも、

「理恵もそうだったけど。井上クンを好きになる子の半分くらいは、君にも惹(ひ)かれるんだよネ」

　小町に返って来たーーーーーーー!!

なんなんでしょう？　この手に汗握る攻防戦。

「‥‥‥‥‥そうして最後には君を選ぶの。理恵もそう」

（この言葉を、僕は後々に、もう１度、彼女から言われることになるのですが、ある意味で運命のひとことです）

　まさかのブーメランに弱った僕は、
「小町は、僕を選んだりしてないって」（⑰巻）
「それは、君がドンカンなだけ」
「‥‥‥‥‥‥‥‥‥‥‥」

「夕子ちゃんだって‥‥‥‥‥」
「いや、夕子ちゃんて‥‥‥‥和美は知らないかも知れないけど、夕子ちゃんは井上の妹だぞ？」
「そんなこと知ってるわよ」
「‥‥‥‥‥‥‥‥‥‥‥」

　それから和美ちゃんは、なにごともなかったかのように、

「楽しみだネ。修学旅行」
「え？　ああ‥‥‥‥‥うん」

　修学旅行は、いよいよ明後日。

第3話 《GS》気になる女（2）

　いよいよ明々後日(しあさって)。
　例のオナゴが、のうのうとやって来よる。
　知らぬこととは言え、井上はんの許嫁であるウチのところへだ。いったい、どんなツラさらして来るつもりやろ。

　不安なのは、井上はんも許嫁のウチの存在を知らないこと。
　ひょっとして、**現行の井上はんのカノジョはんとか!?**

　いやいや。お義父様に限って、まさか許嫁の所へ息子の愛人を送り込むはずがおへん。

いや‥‥‥‥待てよ？
　結婚までオナゴ側はオボコ（処女）が絶対条件やけど、男はんは逆に「女遊びは甲斐性（かいしょう）」とか言われとるし‥‥‥‥ひょっとして、それが分かっててオナゴの多い学校に？　いやいや、何時代の話やて。

「入れたで、コウスケ。飲みくされ！」
「いや、お嬢。『飲みくされ』て‥‥‥‥。茶の湯ってそういうんでしたっけ？」
「茶の湯は、言葉やない。心や、心！」
「心‥‥‥‥さよですか‥‥‥‥。どないしたんです？お嬢。えらい機嫌が斜めですね」
「別に。利休かて、機嫌の悪い時かてあったはずや」

　祖母が入院してからというもの、新人の職人への茶の湯はウチが指導することになった。
　新人言うても、４月に入った見習いで残ったのは、ここにいるコウスケひとりやった。菓子職人への道は案外に厳しい。
　そのコウスケにしたかて、ウチの魅力にまいっているからに違いない。きっと。たぶん。

「ほな、次は利休百首。ウチの後に続けて！　ええか？」
「え！　あの長ったらしいヤツですか！」
「せや。茶の道の基本やよってな」
　ウチがお祖母ちゃんから、泣き泣き叩き込まれた『利休百首』。
「へえ‥‥‥わかりました‥‥‥‥‥」
　なにもウチだけが苦しむ必要あらへん。
　コウスケも苦しむがいい～～～～～～！

「ほな、いくで。壱、その道に入らんと思ふ心こそ　我が身ながらの師匠なりけれ」
「壱、その道に‥」
「弐、習いつつ見てこそ習へ習はずに　善し悪しいふは愚かなりけり」
「弐、習いつつ見てこそ‥」
　　　　　　　：
　　　　　　　：
「四十七。余所などへ‥‥‥‥‥余所など‥‥‥‥余所～～‥‥‥‥」
「アレ？　お嬢、どうかされました？」
　く‥‥‥‥、しもた！

いっつもここいらで、お祖母ちゃんがウタタネするもんやから（㉒巻）、すっかり忘れてもうた！　利休百首。

「四十七。しあわせは、歩いて来ない　だから歩いて行くんだね」
「しあわせは、歩い‥‥‥**えっ！　ホンマですか!?**」

　くやしい〜！
　コウスケの前でいらん恥かいてしもた。
　これでは件(くだん)の愛人が訪ねて来た時も、いい恥さらし。
　万一、相手が利休百首を暗記しとったらエラいことや。

『ホッホッホ。それで井上様の許嫁ですって？　ホホホホ、他愛もない』

　それだけは絶対避けねば‥‥‥‥！
　利休百首は中止や、中止！
　もともと暗記ものやら、ウチには向いてへん。

第24章　花ちゃん外伝　マスカレード　　　35

第4話 《GS》 リアル

「ようおこしやすぅ〜」

「「「「よろしくお願いしまーす」」」」

　そのオナゴが名乗る前から、ウチには、
「コイツが井上はんの‥‥‥」ということが分かった。
　なんて言うか。

本妻の勘？

　弱々しく不幸を背負うてるその感じが、いかにも『着てはもらえぬセーターを寒さ堪(こら)えて編んでる』っぽい。

「えーと。アンタはんが和美はん？」
「あ。いえ、和美はコッチです」
「はじめまして」

　外れた‥‥‥‥。

本妻の勘はアテにならへん。

「よろしくお願いします」

　和美いう子は、『北の宿から』とはほどとおい感じの健康美に溢れた子やった。
　ちゅうか胸デカッ！

　そうか。井上はんは、こういう子が好きなんやな……。特に胸。

　でも、お気の毒。
　許嫁であるウチがおる限りは、アンタはんは井上はんの「甲斐性」でしかあらへんの。どんなに胸がデカくても。

　けど、どこまで「甲斐性」したのかは大問題や。
　こないな大人しそうな顔してからに。あんなコトやこんなコト………

「アノ………あたしの顔になにか？」
「え！」

しもた！　つい。

「い、いえいえ〜。どうもはじめまして。橘の娘、花どす。本日は遠路はるばる、おつかれさまどすえ〜」

　ウチが「どす」言うたびに、さっきの北の宿から女がキャーキャー騒ぎよる。いかにもの「京ことば」がうれしいらしい。
　実はウチらかて、普段は「どすえ」などとは言わへん。観光客の購買意欲を盛り上げるためのリップサービスや。

　井上はんのお義父様に紹介を頼んだという「和美」というオナゴは、他のオナゴと比べると、ずいぶんと落ち着いていて大人びていた。その分、胸もデカい。

「えっと‥‥‥‥あたしの胸になにか？」
「ウウン。おっきいなぁ、思うて」
「え‥‥‥‥‥！」
　男もいる前やったから、和美は少し照れたようにはにかんだ。
「ヤ、ヤだ。花さんってば‥‥‥♡」

これで場は大分なごんだ。
　なごんだけど、ウチが愛人ゆるしたワケやないからな。和美ぃ！

「ほな、茶席を用意してありますんで、工場に行く前に、そちらでおぶでも」
「え？　花さん。おぶって？」
「お茶のことどすえ」
「「「「へーーーーーー」」」」

　一行を、あらかじめ用意していた赤い床几台(しょうぎだい)の茶席へと案内する。
「ウワァーー、これだけで京都！　って感じ！」「ウン！ほんとだね！」
　せやろせやろ？
　そこを狙(ねろ)うとるんやから。

「ほな、一服、点(た)てますよって」
「花さんって茶道もできるんだ？」
「そら、菓子屋の娘ですよって」
「「「「へーーーーーー」」」」
　まいっとるまいっとるぅ！

見よ！　祖母に鍛え抜かれた茶の道の極みを！
　特に３人ほどいる男どもは、ウチにメロメロや。

　ああ、それにしても着物あぢぃい！
　さっさと終わりたい。

　京都に修学旅行に来る学校でも、女子校などは、茶の湯の体験コースがあって、あらかじめ粗相のない程度には習って来る。
　が、さすが井上はんの甲斐性・和美はちごうた。

「おや、和美はんは茶道の嗜みが？」
「え‥‥‥‥あ、はい。母が少し裏千家を‥‥‥‥」
　ほほぉ！
　あなどれんな、この愛人！
　ウチより胴が据わっとるんちゃうか？

「橘って、井上クンの家とはどういう？」
　来た！
　そらぁ愛人には気になって当然。
「へえ。ウチも詳しゅうは知らんのどすが‥」

橘と井上家の関係は、はるか先祖に遡る。
　井上はんの先祖が庄屋をしていた村で不作が続き、対策として神社を建立することになった際に、橘が分霊の世話をしたのが始まりらしい（㉑巻）。

「ああ、あの井上くんちの側にある神社？」「いのかみ神社だっけ？」
「へえ。おそらくはそこどすな」

　その縁から、その村で小豆を生産してもらうようになって、いわゆる『北前船』による交易が続いた。

「そんな昔から～」
「へえ。さようどす」

　北前船は、京と北国の縁を深め、次第に婚儀なども行われるようになった。この頃に、井上家も、都で盛んだった「許嫁」制度のグループに加わったものと思われる。

「それからは、親戚のようなおつきあいをさせていただいとるんどす」
「へーーーー」「さすが井上ん家！」

第２４章　花ちゃん外伝　マスカレード

「井上んちの家紋って、住友と同じなんだよな？」（⑩巻）
「え？　そうなの!?」
「知らなかったのかよ」
「知らないわよ。自分ちの家紋も知らないのに」
「言えてる」
「「「アハハハハハハ」」」

　父を橘に紹介したのは、井上家のお義父様の父親、つまりお義祖父様で、「洋菓子屋の跡取り」と知りつつ断り切れなかったくらいなのだから、その頃、立場的には井上家の方が上になっていたのだろう。
　橘がいかに老舗とは言え、昭和に入った頃には平安から続く『御菓子司』の優位性も失っていたし、終戦直後の小豆の入手は困難を極めたらしいから。井上家の存在が、橘にとって、いかに大きかったか。想像に易い。

「花さんは、井上クンに会ったことはあるの？」
「いえ‥‥‥‥‥‥」

　本当は、ある（㉑巻）。
　母がフランスで亡くなって、ウチのことを父と橘、ど

ちらが引き取るかで揉めた際も、井上家が仲裁に入り、ウチのことを預かった（㉒㉓巻）。

　斎藤の家との関連については、いまひとつ分かっていないけど、子供を預かるほどなのだから、よほどの縁(えにし)なのだろう。

　父たちのフランスへの「カケオチ」を支援したのも、実は、井上家と大叔母（祖母の妹）だという。

　そうして、この時の縁で、孫の井上はんとウチは許嫁となった（㉑巻）。

　もっとも元服していない井上はんは、知らされておらんけど。

　そういう意味で、井上はんにとっては、今は本妻のウチよりも、愛人の和美の方が圧倒的に優位ではある。胸もデカイし。

「花さん‥‥‥‥なんか怖い」
「さ、さよか？」
　いかんいかん。つい茶筅(ちゃせん)に当たってもうた。

　ところが、ちょうど全員分の茶を点て終わったところで、

「あ。井上クンたちだ」「ホントだ!」「噂をすれば!」

え…………。

あれが………
リアル井上はん…………!

………なに走ってはるんやろ?

第5話《BS》アレックス再び(1)

「井上! 急げ!」
「バカどもがーーーー! 僕まで巻き添えにしてーーーー!」
「いやぁ〜〜〜。まさか枯山水(かれさんすい)に落ちるとは〜〜〜」
「文化財だぞ! バカ!」
「バカバカうるさいぞ! 井上!」
「京都が暑いから悪い」
「そういう問題じゃない!」

僕たちの自由研究は、それぞれグループも違い、テーマも異なりましたが、「研究」は女子にまかせて、男子はもっぱら「自由」側を担当することにしていました。

　関西には、今年、青年の家で知り合ったシンシアの息子・アレックスがおりましたので、京都で落ち合うことにしたのです。

　ところが、その途中。
　グレート井上くんのいる「枯山水研究グループ」を龍安寺(りょうあんじ)まで迎えに行ったところで、チャーリーが持って来ていた発明品『携帯用扇風機』を、西条くんが取り上げようとして、くんずほぐれつ。

　パキィ！

　プロペラ部分がこわれ、これが竹トンボの要領で勝手に飛行！　よりによって龍安寺の敷地内へ。

　サクッという、どーーー聞いても**枯山水の中に不時着**した音がして、大慌てで逃げている最中なのです。

第24章　花ちゃん外伝　マスカレード

「ハァ‥‥ハァ‥‥、あれ、今夜のニュースになるんじゃねぇか？」
「たしか文化財だからな」
「まいったなぁ‥‥‥‥」
「枯山水、セメントで固めておきゃいいのにな」
「まったくだ」
　と、諸問題は文化財側になすりつけ、なぜか駅とは逆の金閣寺。

「とにかく、全員無事で集まれてよかった」
「「「「よかねぇよ！」」」」

「そう言えば、さっき和美たちいたな」
「ホントに？　よく気づいたな。井上」
「気づく暇あるんだったら、もっと本気で逃げろ」
「やかましい！　お前らが言うな！」

「和美たちって何グループ？」
「霊長類」
「そりゃそうだろうけどさ‥‥‥」
　という程度の認識で、この時に和美ちゃんが、なんの

ためにそこにいたのか、僕たちはまったく知りませんでした。
　文化財・龍安寺の枯山水にプロペラなんか落っことしたのですから、それどころじゃありません。

「とにかく、駅に行こう」
「アレックスが待ってる」
「そんなに会いたくもねぇけどな」
「シンシアもいたら俺は逃げる」「俺も」

「あれ？　森田(もりた)は？」
「森田は京都大見学コース」
「あーーーー、足立(あだち)さんだっけ？　森田のヤツ、まだつきあってんのか？」
「つきあってるって、けっこう語弊ある」

第6話《GS》襦袢会議（1）

「西条たちが走ってったな！」
「おお、なんかあるぞ？」「見に行かなきゃ！」

「ワリィ。和菓子研究は女子だけでやってくれ」
　野次馬根性の男たちが、井上はん一行を追いかけた。

「ちょっ！」「男子ぃ！」
「花さんに失礼でしょ！」

「アイツらぁ！　西条たちにカコつけて、ただサボるつもりだよ？　きっと」
「ウン。間違いないよね！」

「ええてええて。男どもなどそんなもんやろ」
　来た時から、ここから逃げることだけを考えていたはずや。

「「「え‥‥‥‥？」」」

「それより、和美はん。アソコにカレシおったん？」
　ウチは聞き逃さんかった。『北の宿から』女が、「和美、カレシひき止めなよ」と言ったその台詞を。
「え‥‥‥‥？　まだカレシって言うほどでは‥‥‥‥‥‥」
「和美はんの片思い？」

「え‥‥‥‥‥？　ええ‥‥‥‥まぁ‥‥‥‥‥」
「それって、井上はん？」
　すると北の宿から女、
「ちがうよ。和美のカレシは、井上クンの隣り走ってたヤツ。いつも一緒なんだ」「あたしだったら絶対、井上クンなんだけど。和美は物好きだから」
「そんな‥‥‥‥‥‥」

「よっしゃぁ〜〜〜〜〜〜♪」

「？」「？」「？」「？」「？」

　なんや。井上はんの甲斐性やなかったんや。
　つまらんヤキモチ焼いて大損こいた。

「和美はんも人が悪いわぁ〜」
「？」
「ええのええの。コッチの話♪」
　そうとあらば、話はまったく別だ。

「なぁなぁ、みんな。男どもに仕返しせぇへん？」

「男子に?」「しかえし?」
「せや!」
「どうやって?」「いいけど……花さん、急にフランクになってない?」

「ちっさいこと、気にせんと!」
　ウチにはウチの考えがあった。

「舞妓?」「体験?」

「せや。一度やってみたい思わへん?　舞妓はん」
(※現代は、舞妓体験は立派な観光ビジネスになっていて、昼に京都で会える舞妓さんは実は観光客)

「よう知っとる置屋さんがあるよって」
「それ!　おもしろそう!」
「せやろ?」
　舞妓はんやったら、井上はんたちに近づいても大丈夫。
　思いっきり近くでリアル井上はんを観賞できる。
　我ながらアッタマええ〜〜〜〜。

「でも‥‥‥‥和菓子の研究‥‥‥‥‥‥」と、和美。
「和菓子なんぞ食えばわかる！　後からたらふく食わせたるよって！」
「「「あ‥‥‥‥‥、そう」」」
「でも、いいネ！　それ！」「舞妓さん、一生に一度、やってみたかったんだー！」
「えええぇ‥‥‥‥みんなってば」
　和美は愛人どころか、意外に固い。
　けど、女の弱みはよう知っとる。
「和美はんも、カレシの気持ち、確かめてみとうない？」
「え‥‥‥‥‥‥」

「やるっ♪」

「そうこな！」
「ウン！　花さん、お願いします！」
「やっだぁ〜！　花さんなんて他人行儀な。これからは、花か花ちゃんでええて♪」
「「「あ‥‥‥‥‥‥そう」」」

　しめしめ。

わりぃけど、アンタら全員、巻き添えや。

「でも、男子たち、どこに向かったの？」
「あ。そうだよね‥‥‥」
　そこもウチは抜かりがない。井上はんの声を聞き逃さんよう耳ダンボしとったウチは、彼らが会話の中で、「待ち合わせの駅とは反対方向」と言っていたのも聞き逃さんかった。

「スゴい！　花ちゃん！」
「『八つ目ウナギ』みたい！」
「それ言うなら『八つ橋王子』やろ。どアホ」
「『八つ耳王子』じゃない？　花ちゃん‥‥‥‥‥」
「あ。そうや」
　つい京菓子に‥‥‥‥‥。

「向かった方向は金閣さんの方やったから、その反対方向で、修学旅行生が待ち合わせするとすればズバリ京都駅。観光デパートあたりやろ」
「なるほど！」「花ちゃん、あったまイイ！」
「さすが八つ橋王子！」
　問題はそこから。

「まぁ、京都の駅いうても、そこそこ大っきいけどなぁ・・・・・・・・」
（※旧・京都駅舎。現代の京都駅舎は1997年の完成）
　問題はむしろそこからだ。

「あ。それなら大丈夫」と、今度は和美。
「え？　なして？」
「西条クンたちなら、舞妓さんがいれば**必ず嗅ぎ付けて来る**から」
「あ、それもそうダネ！」「西条だもんネ！」「必ず来る！」
「さよか・・・・・・・・？」

　井上はん・・・・・・・・・どういう変態交友関係・・・・・・・・・・・？

第7話《BS》アレックス再び（2）

　アレックスとの待ち合わせは京都駅。
「観光デパートは・・・・・・・・・あ、コッチだ！」

「急げ！　時間に遅れてる！」
　別に遅れたからと言って、どういう相手でもないのですが、あのアレックスのこと、「これやから日本人はー」とか、ネチネチ言うに決まってます。

　そうして、僕たちには、この２日間の自由行動でもうひとつ、重要なミッションがありました。
　それは、孝昭くんを新幹線で広島へ送り出すこと。

　孝昭くんの家の隣りには、かつて広島出身のお婆さんが住んでいて、余命１年余りを宣言されたのに、文字を勉強するために広島へと帰りました（⑦巻『桜月夜』参照）。
　広島は、僕たちが住む町からは、片道でも丸１日もかかる遥かな地（当時）。
　けれども、京都からなら違います。
　今年（1975年３月）山陽新幹線が開通。新幹線なら、日帰りが可能なのです。

「急げ！」
「おお！」
　けれども、ただでさえ、見慣れない集団が走っていた

りすると目立ちますから。
　集団心理で気が大きくなっちゃってる修学旅行中の不良たちが、必ずといっていいほど、つっかかって来たりするものです（←必ず。まったく油断もスキもない時代）。

「痛ってぇー！」
　この時は、Mr.からまれ屋のチャーリーが、すれ違い様に足を引っかけられて転ばされました。
「あ、だいじょぶか！　チャーリー」

「おうおう。早く行かないとバスの集合時間に遅れちゃうよ～ん」
「ギャハハハハハ！」

「なんだとぉお！」
　もちろん、相手は「修学旅行中の厳しい戒律」狙い。
　このへんが集団心理の怖いところ。旅行先では「旅の恥はかき捨て」が加わって、やたら気持ちが大きくなっています。

　でも、そこは西条くんたちも百戦錬磨。
「孝昭は何人やる？」

「西条の倍に決まってんだろが」
「じゃ、俺は孝昭の倍」
「基数をハッキリしなきゃ計算が成り立たねぇだろが!」
「俺の半分と考えりゃいいだろ?」
「だから何人なんだよっ!」

「ぁあ? なにゴチャゴチャ言ってんだ? 田舎もんどもが」
「やんのか? ウラァ?」

「「**やるっ♪**」」

☞☞☞

「みやげに八つ橋もらった。お前らもいる?」
「つまんねぇもんカツアゲしたなぁ。西条。大丈夫か?」
「四国から来たんだってさ」
「聞いたことに答えろ!」

「孝昭は何人やった?」

「だから西条の倍つってんだろが」
「じゃぁ、俺は孝昭の倍」
「ウソつけ！」
　その計算だと、全国の男子高校生を相手にしても大丈夫です。

「いいから急げ！　西条！」
「もう時間がない！　バス使おう」
「いや、バスだとまた絡まれるとやっかいだ。タクシーで乗り合いしよう」
　グレート井上くんは、いつも冷静です。
　その冷静な判断を、四国の高校生とやり合う前にしてほしかった‥‥‥‥。

第8話《GS》襦袢会議（2）

　つい春先、キンタのお見合いを妨害するためにやったばかりの舞妓はん。
　まさかもう1度やることになるとは思わなんだが。

「また舞妓はんに？」
「せや。この人数、大丈夫？　大竹先輩（㉒巻登場の置屋の娘さん）」
「そら大丈夫やけど‥‥‥‥条件はおまっせ？」
「なんなりと！」

　京の町で舞妓はんが歩いていれば、みんな本物だと思う。
　そこで、キチンと舞妓として振る舞うのが条件だ。

　歩き方、手の仕草、声をかけられた時の対応まで。あくまで舞妓でなくてはならない。
　もちろん、言葉づかいも。
「心配あらへん。ゆっくりしゃべれば大丈夫。もともと、舞妓の京ことばは、田舎から出て来た娘らが訛が出ないようにゆっくりしゃべらせたのが、ああなったワケ」
（←本当）
「へ〜〜〜。そうなんどすか〜〜〜？」
「そうそう！　和美はん、ウマいウマい！　それやったらバレしまへん」

　みんな襦袢まで着替えてあれやこれや作戦会議。

「うっわぁ。和美はん、胸おっきいなぁ。少し潰（つぶ）すけどカンニンな？」
「へえ」
「その調子その調子！」
　胸が大きいと、着物を着付けるのは苦労する。胸下にタオルを巻いて補正するんやけど、どうしても太って見えるのだ。
「ごめんネ？　花ちゃん」
「そういうこと謝らんとき！」
「花ちゃんがうらやましい‥‥‥‥‥‥。和装が似合って」
「小そうて悪ぅおました な！」
「アハハハ」「ウフフフ」
　でも、学校の更衣室みたいでなんか楽しい。

「紅は下唇だけ？」
「せや。オボコは下唇だけや」
「オボコって？」
「バージンや、バージン。ブラブラも新人のみや」
（※ブラブラ＝舞妓が下げている髪飾りのこと）
「あ！　じゃぁ、あたしは上唇も塗らないと！」
「えええええええええ!?」「ホントに!?」「あの男

第24章　花ちゃん外伝　マスカレード　　59

と？」
「まぁた見栄はってからにぃー」
　ウチと和美たちは、この襦袢会議で、すっかり打ち解けた。
　まるで何十年もつきおうた友人みたいに。

　井上はんの言うた通りや。
　未来がひとりぼっちとは限らない。

　ウチも加わって舞妓１号から６号、出陣準備完了！
　と、なったところで、
「ちょい待ち！　花ちゃん！」大竹先輩が引き止めた。
「なに？　先輩」
「６人もゾロゾロ舞妓はんが闊歩しとったら、さすがの京でもおかしゅうおす。せいぜい２、３人くらいにしてくれはらへん？」
「それもそうやね‥‥‥」

「私たちは、別に‥‥‥ねえ？」
「ウン。和美ちゃんとちがって、私たちは別に西条たちはどうでもいいから」
「そうそう。駅まで行きたいのは和美だけ」

「そ、そんな‥‥‥‥‥」

　そこで、ウチは和美はんとペアで駅前に。
　残り4人は、2人ずつ、近隣をうろつくことになった。

「ほな、待ち合わせはここで！」
「「「「　ハ〜イ　」」」」
「ハイや、おまへん！」
「「「「　へえ　」」」」
「そう！」

「ほな、行くで？　みんな」
「「「「　へえ！　」」」」

　舞妓部隊出陣！

第9話《BS》アレックス再び（3）

　四国の不良とやりあったせいで、すっかりアレックスとの待ち合わせに遅れてしまいました。

でも、
「まぁ、いいや。アレックスだし」
「少しは待たせた方がアイツにも人生学習ってもんだ」
「言えてる」
　アメリカ人なのに、扱いはジェミーと同じアレックス。
　日米が一戦交えた理由もわかります。

　ただでさえ遅れていたのに、
「あれ？」
「どうした？　西条」
「舞妓さんだ♪」
「あ、ホントだ‥‥‥」
　駅のホームに、突然たたずんでいる舞妓さん２名。
「なんで駅に？」
「電車に乗るからに決まってるだろ？」
「いや‥‥電車って‥‥あのカッコウで？　あ‥‥‥コラ！　待て！　西条！　アレックスどうすんだ！」

「外人の男よりは舞妓さんだ！」

　例によって、なんか説得力だけあります。

西条くんは、アレックスのことも忘れて、舞妓さんの放つ超強力な引力に、引きつけられて行ったのでした‥‥‥。

　しかし、さすが舞妓さん。すでに観光客が数名、集まっていて、その中にはなんと、

「「「「**アレックス !?**」」」」

「あ。大師匠（西条）御一行様！」
「御一行じゃねぇよ！」「なんで待ち合わせ場所にいねぇんだよっ！」
　遅れて来ておいて言う方もなんですが。
　すると、アレックス、
「え？　そらぁ、師匠たちよりは舞妓はんでんがな〜」
「「「「‥‥‥‥‥‥‥‥‥‥‥‥！」」」」

「師匠たちはむさい男やないですか。当然言うもんでっしゃろ？」
　　く‥‥‥‥‥‥！
「西条ぉっ！」
「な、なんで俺を怒んだ？」

第24章　花ちゃん外伝　マスカレード　　63

あまりに「弟子」だからです。

　険悪な待ち合わせに、
「アラ。こちらさん、お知り合いどすか？」と、口を挟む舞妓さん。
（おおおおおお！　舞妓さんがしゃべった！） という、感嘆を隠しつつ、
「え？　ええ、まぁ」
　たとえアレックスでも、外人と知り合いってのがカッコイイですから。

「外人さん。アレックスはん言わはるの？」
「そや！　マイネーム　イズ　アレクサンダーや！」
　なにがマイネームイズだ‥‥‥‥。英検４級落ちたクセに。

「へぇ、カッコええなぁ」
「マイネーム　イズ　アレクサンダーや！」
　舞妓さんに褒められ図に乗るアレックス。
　でも、英語のボキャブラリーがないので、同じ台詞を繰り返すしかありません。

「なな。ウチらも待ち合わせの人が来いひんよって、時間を持てあましてましてナァ。どないです？　ご一緒にお茶でも」
　珍しい舞妓さんからのご提案!?
「え？　舞妓さんとですか？」
　こんな展開があっていいのでしょうか？
「へえ。あかんやろか？」

「**あかんことおまへん！**」」

　西条・アレックスの無敵師弟コンビ。
「アレックス。お前、小町がよかったんじゃないのか？」
「それはそれ。これはこれでんがな〜。小師匠、そんなんじゃアメリカじゃ生きていけまへんで」
　コイツ‥‥‥‥。
　お前が生きてるのは梅田だろ！

「ほなキマリや」
「　**キマリ！**　」」

「待て待て‥‥‥‥‥」

第24章　花ちゃん外伝　マスカレード

他のメンツは大喜びでしたが、グレート井上くんはちがいます。
「舞妓さんと茶店(さてん)なんか入ったら、目立ってしょうがないぞ？」
　そう。僕らは自由研究を絶賛サボリ中。
　できれば目立つ行動は避けたいところです。

「なに言ってる！　舞妓さんと話すなんて、これ以上の京都研究はないだろう」
　西条くんは、どうしてこういうことでは説得力だけはあるのでしょう？

「せやせや。京都のことやったら、いろいろ教えますよって。な、な、まいりましょ？」
「まいりましょって言われても‥‥‥‥‥‥」
「ええやろ？　あんさんのイケズぅ♡」
　みんなを口説いているように見えますが、心無しかグレート井上くんマークのような？
　まぁ、毎度のことではあるのですが。

　もっとも、それはオシャベリな方の舞妓さんの話。
　もうひとりの静かな舞妓さんは、

「ね？　行きまひょ？」
　なんと！　僕に擦り寄って来たではありませんか！

「それとも、裏切れない恋人でもいらっしゃるとか？」

　え‥‥‥‥‥‥。

「いえ。特にそういうわけでは‥‥‥‥」
　と、言ったとたん、
「イデデデ！」
「あ、かんにんえ〜。オコボ（ポックリ）で足踏んでもうたわ〜」
「い、いえ‥‥‥‥‥」

「行こうぜ？　井上。こんな機会は、一生に２度ないぞ？」と、西条。
「でんがな〜」と、弟子のアレックス。
「うーむ‥‥‥‥」

「わかった‥‥‥‥‥」
　とうとうグレート井上くんも折れました。

第10話 《GS》女同士

　ウチにすれば、井上はんと話ができればよかった。
　ずっと許嫁、許嫁と一方的に言われて、操(みさお)を守って来とるのに、肝心の相手は、ウチの存在すら知らないまま、甲斐性重ね放題やなんて。おなごには耐えられへん。
　せめて元服の前に、井上はんの女関係は知っておきたかっただけ。

「ほな、行きまひょか？　井上はん」
「え？　どうして？　僕の名前を？」
「あ……、あーー、さっきお仲間がそう呼んではったから………」
「あ。そうか」
　アブないアブない！

「あなたがたは？」
「えっとー、ウチは小花(こはな)言いますぅ。ほいでもって、この子が……」
「和奴(かずやっこ)どす………よろしゅうに」

和奴ってアータ‥‥‥‥‥今時そんな豆腐の一番簡単なレシピみたいな‥‥‥‥‥

「源氏名だね。僕は井上」
　なんと素通り！　ラッキ。
「マイネーム イズ アレクサンダー！」
「はい。アレックスはん」
「俺、西条！」
「マイネーム イズ アレクサンダー！」
「はい。アレックスはん」
「俺は河野」
「マイネーム イズ アレクサンダー！」
「はい。アレックスはん」
「オレ、千葉」
「マイネーム イズ アレクサンダー！」
「うるさいぞ！　アレックス！」
　ホンマにうるさい。なんやの？　この外国人。

　とにかく、ここは一刻も早く。
「ほな。行きまひょか？　か、か、か、和奴」
「へえ。小花はん」
「では、皆様もご一緒に」

「「「「「　へえ！　」」」」」
　舞妓はんにとって、男はチョロい！

　しかし、ホームを出た所に、思わぬ障壁が‥‥‥‥！

「花ちゃんっ‼」

「あ、先輩‥‥‥‥‥」
　置屋の大竹先輩！
「んもぉ！　ハイヤーなんぞ乗ってどこ行ったか思うたら！　駅なんかほっつき歩きよってからにぃ！　さすがにそれは困るて！」
「姐(ねえ)さん、かんにん‥‥‥‥」

　花街には花街の厳しい縄張がある。
　普段、化粧した舞妓が歩くのは、置屋〜茶屋までのわずかな距離だけで、駅前あたりまで遠征して、ほっつき歩くことはあらへん。
　姐さんは、そのことを言っているのだ。

「しもたなぁー‥‥‥‥。和美ちゃん。かんにんえ」

「どうして駅前ってわかったのかしら？」
「そら、お得意様やもの」
　花街近辺のハイヤーは、置屋さんは大お得意様。
　誰をどこまで送ったかは、正確に報告される。ツーカーなのだ。

　結局、ウチらは印象深い外人『アレクサンダー』の名前を覚えただけで、スゴスゴと置屋へと引き上げることになった。

　けど、念願の許嫁・井上はんを間近で確認することはできたし。
　最もな肝心なこと。井上はんに愛人やらの甲斐性があるかについては、和美から聞くことができたし。
「井上クン？　井上クンは、つき合ってる子はいないよ？　今も昔も」
「さよか？」

「どうして？　やっぱり気になる？　井上クン」
「え？　えーと、まぁね。橘(ウチ)とは長いつきあいやし」
「ただ‥‥‥‥」
　ただ？

第２４章　花ちゃん外伝　マスカレード　　　71

「スキな人はいるみたいだけど‥‥‥‥井上クン」

　え‥‥‥‥‥‥。

「そ、そらぁ井上はんかて、お年頃やし‥‥‥‥」
　許嫁がここにおることも知らんのやし‥‥‥‥‥。

　が、それが、あの町で出会った駐在所の天女（奥さん）の妹と知らされて、ウチは愕然とした。
　あんなのに敵(かな)うはずがない。
　だって天女の妹や！

「でも、その人が好きなのは‥‥‥‥‥井上くんじゃないと思うナ」
「そうなん!?」
「ウン‥‥‥‥。たぶん、ネ‥‥‥‥‥」
「？」
　心なし、和美の声が暗い。

「あ。ひょっとして、和美はんのライバルなん？」
「そ、そんなことはないと思うけど‥‥‥‥‥歳上(としうえ)の人だし‥‥‥‥」

ライバルではないが、ヤキモチは焼いとるようだ。
　わかる！　女同士やもん。
　ウチもキンタの時は、あろうことか、女センセに激しく嫉妬してた（㉑巻）。
　それだけではない。
　父に、新しい奥さんがいたことにも（㉓巻）。

「井上クンとカレって、いつもカブるのよ」
「被る？」
「そう。好きな人も、好きになられる人も‥‥‥‥‥」
「へぇ〜。よう似てはるいうこと？」
　とてもそうは見えんかったけど。

「そうでもないんだけど‥‥‥‥カレの方が、圧倒的に成績は悪いし、素行は悪いし、悪いし」
　ようするに「悪い」んやな？

「あたしも、井上クン好きだったことあるんだ。でも‥‥‥‥‥」
「今は悪いのが好きや、と？」
「ウン‥‥‥‥‥‥」
　和美は、ちょっと答えにくそうに返事すると、

「花ちゃんも、井上クンが気に入ったんだったら、いずれ分かる時が来るかも‥‥‥‥‥。なんてネ」

　まるで未来を見透かしているかのように、そう言った。

　まさか。
「アハハハ。ないない！　ホレてるアンタには悪いけど、井上はんが月とするなら、あの男は便所スリッパや」
　すると和美、
「便所スリッパには‥‥‥‥便所スリッパなりの良さがあるよ‥‥‥‥」
　和美‥‥‥‥‥‥。

「かんにん‥‥‥‥」

　それほどまでに、あんなヤツを？

「運転手はん、ここで止めて！」
「ハイ」
「和美はん。アンタはここで降りて駅までもどり！　まだあのへんウロチョロしとるはずやから」

「え？　どうして？」
「そして舞妓のまんま、自分が和美って言うたり！　きっとメロメロになりよる！　こんなチャンス、生涯で２度あらへんて！」
「え？　でも‥‥‥‥置屋の‥‥‥‥‥」
「そっちはウチがなんとかしとくから！　ええから行って！」

　なんとなくやけど。わかった。
　だって、女同士やもん。

第11話《BS》アレックス再び（4）

「なんだったんだ‥‥‥‥あの舞妓はん‥‥‥‥‥」
「まったくや‥‥‥‥‥‥」
　駆け抜けた嵐(あらし)に、すっかり腑抜(ふぬ)けになっている西条くんと、その弟子のアレックス。
　けれど、男の腑抜けは立ち直りが早いのが特徴です。
　それも、
「知ってたか？　西条。舞妓さんは着物の下は、下着つ

けてないんだぞ？」
「「‥‥‥‥**え？**」」
　割と単純なことで立ち直ります。

「ところで、なんでアレックスがいるんだっけ？」
「アレックスが、関西に来るんだったら案内してやる、って豪語してたからだよ」
「それじゃ案内しろよ。アレックス」
「いや〜、それが京都駅までなら、何度も来たから分かるんやけど‥‥‥‥」

「はあ？」「駅の外は分からない？」
「その通り！」

「ナニいばりくさってる！」
「バカが！　それじゃ俺らと五十歩百歩だろうが！」
「いや。言うたら悪いけど、お師匠がたは、２歩くらいでっしゃろ？　ワイとは98歩もの差がありよる」

「やかましいっ！」「だったら100歩以内で案内しろ！」
「ったく、図体ばっかデカくなりやがって！」

「うわぁ～～～。リメンバー・パールハーバ～～～～～！」

「京都は道に迷っても、京都タワーを見つければ駅につきまっせ」
　いばりちらすアレックスですが。
「まぁ、そうだろうな」
「京都タワーの下で言ってどうする」

　でも、大量に時間を浪費したおかげで、いいこともありました。

　さっきの場所に、また舞妓さんが！

「あ、ホントだ！」
「さっきの和奴とちがうか？」

　しかも、僕たちに向かって、小さく手を振ってくれています！

「おーーーーい」
「和奴さーーーーーーん」

みんな大喜び!

ん? かずやっこ?

第12話《GS》幸福の残骸(1)

　舞妓はん騒動の失態は、大竹先輩にはタップリしぼられたけど、祖母に叱りつけられることはなかった。

なぜなら。
　あれから祖母は、容態が急激に悪化して、本当にあっけなく、帰らぬ人となったからだ。

　最後のウチへの言葉は、『花‥‥‥‥利休百首‥‥‥‥‥』やった。

　そやからウチは、お婆ちゃんが、安らかに眠れるよう、一所懸命、利休百首を暗唱した。
「壱! その道に入らんと思ふ心こそ 我身ながらの師匠なりけれ‥‥‥‥」

「弐！　習ひつつ見てこそ習へ習はずに善し悪しいふは愚なりけり」
「参(さん)！　志深き人には幾たびも憐れみ深く奥ぞ教ふる」
「四！　恥をすて人に物とひ習ふべし　これぞ上手のもとゐなりける」
「伍(ご)！　‥‥‥‥」

　けれども、いつもサボりまくってたウチは、四十六番目で、やっぱりつまずいてしもうて‥‥‥

「お祖母ちゃん‥‥‥‥叱ってぇな。目さまして、叱って‥‥‥‥‥‥」

『花！　まったくアンタいう子は。やいとすえるで！』
‥‥‥‥て。
　もう一度、叱って‥‥‥‥‥‥。

　祖母は、母のいないウチにとって、間違いなく最愛の人で。同時に、ウチを最も愛してくれた人やった。たったひとりの。

「おばあちゃん‥‥。ウチをひとりぼっちにせんといて‥‥‥‥」

　井上はんが、"明日の君はひとりぼっちじゃないかも知れない"と言ったのは、皮肉なことに、まったく逆になった。

　お祖母ちゃんは、ウチが、父を訪ねて東北に行ったことを知っておった。
　駐在所にラジオを拾得物として届けたからだ。
　あの日、駐在所には、例のオマワリさんはいなくって、天女の奥さんが対応しはって（㉓巻）。
『一応、届け出を書いてください』
　住所を書けば、通知が来る。

　祖母は、それでウチを責めることはなかった。
　けれど、そのことが祖母に、おかしな誤解を与えていた。

『花の好きなようにさせてやり』

　大伯母（祖母の姉）が、父を伴って現れたのは、通夜

から数日後のことだった。

　それは、ウチにとって、まさしく青天の霹靂(へきれき)やった。

「大伯母様！」
「花。ひさしぶりやったねぇ」

　祖母は橘を継いで婿(むこ)をとったが、長女ではない。上にひとり姉がいて、政略結婚的に金融機関のところに嫁いだ。
　祖母と比べると、だいぶ奔放な人で、ウチは「大伯母様」と呼んで慕っていた。
　母は、ひとり娘やったから、父方の妙子(たえこ)叔母さんを見つけるまで、実質上の「伯母さん」は、ウチにはおらんかった。

　なにを隠そう、父と母のカケオチを支援したのが大伯母やったらしい。それもこれも後から知ったことだが。
　母にとって、大伯母は数少ない恋愛結婚の「味方」だった。

第24章　花ちゃん外伝　マスカレード

その大伯母が、父を連れて来た。

　橘は、法務上は「株式会社」だ。
　株式の５割は大伯母が所有しているので、橘に対して一定の発言力がある。
　もし弟の春樹がおらなんだら、橘は、祖母が亡くなると同時に婿である祖父が継ぐことになって、そこで橘の血統が途切れる。老舗として、血統を絶やさないための対策なのだろう。

　父は、ウチを「返して」もらいに来たのだ。

　それが、JR7はんたちが、妙子叔母さんと、さらには父を見つけ出したことに起因していることは、まず間違いない。
　それまで父は、娘を諦(あきら)めていたはずやった。
　仕事の邪魔やったから。

　大伯母は、祖母の遺志を汲(く)んで、これを機に橘と斎藤の痼(しこ)りを一気に解くつもりだった。

　父を嫌っている祖父は、当初、これをケンもホロロに

断ったが、大伯母は橘の直系の娘。婿養子である祖父より立場的には強い。

　斎藤の「子」であるウチは、戸籍上は、実はなにも変わらない。
　ただ、住所が移転するだけ。
　その住所ですら、
「いずれにせよ、井上家に嫁ぐのだから。来年は、井上家のボンも元服でしょう」
　早ければ１年後には変わる、という言い分だ。

「花は？　どうしたい？」

「ウチは‥‥‥‥‥‥」

　ウチにとって、祖母のいない橘は、必ずしも居心地のいい所ではなかった。なにより祖父はウチを嫌っている。

　結論は、本人の意思に委ねられた。

　ウチは、机の上におかれた母の写真と、

そのとなりに新しく並んだ祖母の写真と、
　毎日、一方通行の相談をすることになった。

「ウチ……どないしたらええ？」

　大伯母は知っているのだろうか。
　父には、すでに母とは別の女がいることを（㉓巻）。

　ウチは、結論を出した。

「父のとこに行きます」
　いまさら父と暮らしたかったわけではない。
　むろん許嫁の井上はんと一緒になるためでもなく。
　それは、母を捨てた父への、復讐のためだった。

『斎藤になにか御用かしら？』

　許せへん。絶対に。

　この日からウチは、母からもらってきた顔の上に、厚い仮面をつけた。

第13話 《GS》幸福の残骸（2）

————1975年　伊丹(いたみ)空港

　父の家に向かう日。
　父はウチを迎えに来ると言い張ったが、ウチも橘の家もこれを強く拒んだ。
　このため、大伯母だけが、代理的に迎えに来た。

「好きな時に京都に帰る」条件であったためか、見送り側も質素なもので、祖父の姿さえなく、弟と職人数名、わずかばかりの友人、あとは男センセくらい。

　それでも、別れは別れ。
「お嬢、お元気で‥‥‥」
「コウスケも元気でな。長岡京市(に)のお母様によろしう」
「へえ。あの、これ‥‥‥つまらんもんですが」
「ありがと‥‥‥なんやの？　これ」
「俺の下着の布で作ったオジャミです」

第２４章　花ちゃん外伝　マスカレード

「**いるかっ!!**」ホントにつまらん！

「え？　でもお嬢のは‥‥‥‥」
「男と女では価値がちがう！　価値が！」(㉒巻)

　だいたいはこんな調子。
　金輪際の別れでもないのだから、いたしかたない。

　ウチの東北行きを最も嘆いたのは、弟の春樹だった。
　ウチは、弟のせいで母が亡くなったと長いこと嫌っていたが、哀れな弟はそうではなかった。
　ウチを正視さえできず、目は赤く腫(は)れ上がっとる。

「すぐもどってくるよってな？」
　コクコクとうなずく弟。

「男センセ。弟のこと、お願いします」
「まかせて〜〜。花ちゃんも元気でね♪」

　男センセは、相変わらず場に不釣り合いなほど元気で、それがウチにとって大きな救いになった。

弟にとってはさらに。

「じゃ、行きましょ？　花ちゃん」
「へえ」

　東北までの２時間。
　つい数ヶ月前、同じ空路を逆方向に向かって旅した。
　あの日は、スチュワーデスの仮面をかぶって、キッズの相手をしていたから気づかなかったが、これほどに長かったのか。

　大騒動した東北の空港は、あの日となにも違わぬ表情でわたしを迎えたが、大きな違いがひとつあった。

　父が、そこにいること。

「花。花‥‥‥‥か？」

「お父さん‥‥‥‥？」

　父は、ウチが想像していたよりずっと歳をとって見え

た。
　もちろんそれは、写真と比較しての話で、ウチの実際の記憶に父の顔はほとんどない。
　たまに夢に見たこともあったが、当然だが、夢の中の父は歳をとらなかった。

　これが‥‥‥‥父‥‥‥‥‥‥

　復讐を誓っていたウチに、その人は奇妙に映った。
　他人のようでもあり。
　他人よりさらに遠い人のようでもあり。

「花ちゃん。おかえり！」
「ただいま。叔母さん。もう身体(からだ)はええの？」
　すでに面識のある妙子叔母さんがいたことは、ウチにとっても父にとってもありがたかった。
「ええ。もうダイジョブ。うちのロクデナシ（ケンちゃん）も来たがったんだけど、仕事があって」
「後でご挨拶(あいさつ)にうかがいます」

　全ては、この妙子叔母さんから始まってた。
　ウチがキンタに頼んで、京大の足立はんがJR7と連絡

をとりあって、探し出した「尋ね人」。

「場所とってあるから」
　その妙子叔母さんの気遣いで、親族初めての会食の場が設けられた。

　親子の食事とは言え、ほとんど初対面のようなもの。
　もともと父は、口数の少ない人だったように思うが、この日に限っては、痛々しいほどに笑顔をつくっていた。
　ウチには、それがまた嫌だった。

　気を遣うのは妙子叔母さん。
「兄さん。花ちゃんね。数ヶ月前に一度来たって言ったでしょ？」
「ああ‥‥‥‥うん。来たんだってな」
「水無月（みなづき）食べてみた？」

　え？
　ウチは耳を疑った。

「ああ。食べたよ」
「あれにバニラエッセンス入ってて。主人もわたしも驚

いたのよ」(㉓巻)
　ウチは大慌てで口を挟んだ。
「なんで‥‥‥その‥‥‥水無月が？」
　確か水無月は、雷雨の中で、井上はんの下僕に渡したはず‥‥‥。

「どこかの高校生がね。持って来てくれたんだ」
「どこかの高校‥‥‥お父さん、会うたの？　名前は？　名前は聞きはった？」
「いや‥‥‥それはさすがに覚えてない」

　すると妙子叔母さん、
「それ、きっと許嫁でしょ？　花ちゃん」
「うん‥‥‥たぶん‥‥‥井上はん‥‥‥」
　と、言いかけた時。
　父が突然激昂した。

「許嫁？　花！　お前！　許嫁なんかいるのか！」
「え‥‥‥？」
「そうか‥‥‥あの高校生が‥‥‥」
　ウチには、父の怒りの意味がまったくわからなかった。

「そんなもの従うことはないぞ！　いいか！　お前は今日からわたしの娘なんだ！」
「兄さん！　こんな席で‥‥‥」
　この時初めて知った。
　父もまた、ずっと橘を憎んでいたという、しごく当然のことを。

　けれどウチには、井上はんを頭ごなしに否定されたことが、たまらなく不愉快だった。

　ウチにひとすじの光をくれた少年。

「花の許嫁は、私が薦めたんですよ」
　大伯母様が父をとりなしたが、すでに遅かった。

「なんや！　突然父親面せんといて!!　ずっと‥‥‥ずっとほっといとったクセに!!」
　そして、ウチの次の言葉が「全て」を破壊した。

「お母さんを‥‥‥お母さん殺したクセに！」

　言ってはならぬこと。

「自分の都合で捨てたりひきとったり！　子供をなんだと思うてはるの!?」

　それは大きな痼りとなって、ウチと父の間に残り続けることになった。

第14話《GS》友情と対立と

　ウチは近所の女子校に転入した。
　私立北女子高等学校。かつて妙子叔母さんも通っていた学校。この時期の転入を受け付けるのは、私立だけだ。

　ウチは、もともと京都でも女子校にいたが、京都は人口あたりの学校数が日本一多いところ。比較して、東北の女子校は、この地域には一校しかなく、ウチをかなり落胆させた。

　そこはどう見ても大学進学などは二の次で、言わば「良妻賢母」を育てるための旧態依然とした女学校。
　むろん、今時の女子生徒にそんな意識は毛頭なく、不

良と秀才の入り乱れた典型的な「滑り止め」学校だった。

　けど、それはある意味、ウチにとって好都合だった。
　なにしろウチは、この学校ではまったく知られていない。
　過去も、性格も、初めから築くことができるのだ。

　いかような素行不良の生徒でも演出できる。

　父を困らせよう。
　ウチをひきとったことを悔やむほどに。
　誰が幸福になどしてやるものか。
　それがウチにできる、せいいっぱいの復讐。
　そう決めていたウチに、この学校はまったくもっていいステージだった。

「じゃ、斎藤さん。挨拶して」
「斎藤花。みんなよろしゅう」
　教室中がざわついた。

　レベルはどうあれ、女子校の雰囲気はどこでも似てい

る。
　異性の目がないちゅうことは、こちらから遠慮はいらず、相手にも遠慮がない。

　そんな中。
「ねぇ。斎藤さん。斎藤さん」
　初めての休み時間。後ろの席の子が声をかけてきた。
「なに？」
「あまり態度、悪くしないほうがいいよ？」

　悦子（えっこ）と名乗るその女子生徒は、たとえば京都のウチであったなら、おもいきり仲良くなれるタイプの子だった。
　田舎っぽく素朴で。気の毒なほどに親切で。
　なんか性格も良さそう‥‥‥‥。

「この学校、けっこう序列が厳しいから」
「序列が厳しい？」
　ウチは、当初その意味がわからんかったけど。
　おおかた、スケバンとか、そんなとこだろう。
「ふーん」

　望むところや。

関西弁を話す転校生は、それだけで目立った。

　悦子の忠告通り、その週のうちに、何人かの先輩女子からの呼び出しをくらったが、キンタや男センセに鍛え抜かれたウチに、女子の集まりなど何人来ようが敵ではなかった。
　男子と違うて、女は小グループ単位で群れたがる。10名以下ならウチの相手ではない。

「ウチをひざまずかせたかったら、もうちぃと鍛錬するこっちゃ」

　噂では、この学校には、お蘭という希代のスケ番がいるらしかったが、それらしき女に呼び出されることはなかった。

　悦子に尋ねると、
「お蘭さん？　うん、すっごく怖いよ」
「そうなん？」
「すっごく怖いけど、すっごく素敵な人」
　怖いけど素敵？

ウチには、その意味がわからなかったが、相手が女性である限り、恐れることなどない。

「京都にも、スケバンとかおった？」
「んーーーー、おるにはおったんやろうけど‥‥‥‥」
　京都の高校の制服にはセーラー服がほぼないので、イメージとは大分異なる。
「セーラー服ないの!?」
「あらへんよ」
　理由はよう分からんけど、一説では、修学旅行の観光客と見分けるため、とか言われとる。

「京都、おもしろーーーい」
「あれ？　ここは京都とちゃうの？　修学旅行」
「ちがうよ？　毎年、北海道と沖縄と選べるの」
「へーーーー」

　どこの女子校かて、そうやろうが、目立つ生徒には様々なイヤガラセがしかけられる。
　物はなくなり、内履きには刃物が入れられ、教科書は破られた。

その都度、ウチは相手が誰かを徹底的につきとめ、こちらから復讐をしかけていった。

　ナメられてたまるか！

　人間、上昇するのは努力を伴うけど、堕落するのは実に簡単だ。
　一説では、２週間あれば、どんなに気位の高い女性でも、最低レベルまで落ちて、しかも馴れるという。
　そのものとは言わないまでも、ウチはその典型だった。

　それは同時に、許嫁である井上はんを諦めることでもあるわけだが。
　この時、ウチはすでに、その覚悟がついていた。
　それは、父が「許嫁」を嫌ったときに、井上はんへの気持ちは、すでに終わった事だった。

　やがて歓楽街に出入りするようになると、学校から父が呼び出しをくらった。
　が、それでも父はウチに何も言わへんかった。

　どうして怒らへんの？

他の女との結婚を祝福されたいから？

ちょうどその頃だ。
あの「女」が家を訪ねて来たのが。

「あなたが、桂月さんの娘さん？」
「悪い？」
　その時ウチは、ギンギンの化粧をして、彼女に応対した。
　さすがの父もさすがに青ざめたようだったけど。

　それを機に、ウチは、父の家を出ることを決めた。
　お金は祖父が出した。

第15話《GS》2枚のチケット（1）

　学校では、敵も作ったウチだったが、強い者には取り巻きもすぐにできる。
　いつしか、ウチの周りには、不良たちがたむろすようになり、ちょっとした小勢力になりつつあった。

ウチは初め腰巾着のような彼女たちを好かんかったが、それぞれの事情を聞くと憎めない者も多かった。
　ウチのように親のいない者。
　親に暴力をふるわれている者。
　若くしてすでに過去を持つ者。
　それは京都のお嬢様学校では、知り得ない子たちだった。

　最初にウチに声をかけてきた悦子も、親が離婚している不遇な家庭の子やったけど、この子だけはウチにとって特別だった。

「花ちゃん、花ちゃん。今帰り？」
　彼女はウチに媚びるでもなく、それでいていつも笑顔で接してくれる。
「そのちゃん付け、やめてくんない？　ガラじゃないから」
「いいじゃない。花ちゃん、って似合うよ」
「‥‥‥‥‥‥」
　京都では。みんながそう呼んでいたっけ‥‥‥‥。

「じゃ、ウチも『悦ちゃん』呼ぶわ」

第24章　花ちゃん外伝　マスカレード

「うん。いいよ!　うれしい♪」
「なんが?」

　彼女にだけは、まるでウチの厚い仮面の下が見えているかのようだった。
　歩調ですら、ウチに合わせてはる。
　いい子なんやな‥‥‥‥。

「花ちゃん!」
「なに?」
「タバコはダメだよ。やめたほうがいいよ」
「え‥‥‥‥。あ、うん‥‥‥‥‥」
　彼女の進言には、なぜか従ってしまうウチがいた。

「花ちゃんの卵焼きって、おいしい!　これ、自分で作ってるの?」
「ウン‥‥。まぁ、菓子屋の娘やしな」
　けど、ちがう。
　母の作ってくれた卵焼きとは。
「そう‥‥‥‥お母さんの味‥‥‥‥思い出したいんだ?」
「ウン‥‥‥‥」

そうすれば。なにが変わるというわけでもないのだが。

　学校では、不良の化粧をしているのに、彼女といると、ウチはまるで普通の女子高生やった。
　京都にいた時と同じ。

「花ちゃん、部活入った？」
「まだ。それどこじゃないもん」
「私のとこに来ない？」
「なに部？　だっけ？」

「カルタ部」
　地味！
　見てくれ通り地味！

「私、これでも部長なんだ」
「ふうん。すごいね。悦ちゃん」
「だって部員が全部で４人しかいないの〜」
「アハハハ。そりゃ部長になれるわ〜」
「花ちゃん、出身京都でしょ？　百人一首の本場じゃない」
「ああ‥‥‥うん。そやね」

百人一首で思い出すのは、やはり利休百首やった。
　お祖母ちゃん、今のウチを見たら、なんて怒鳴りはるやろ？

「ね！　いらっしゃいよ！　花ちゃんなら絶対うまくなれるから！　ね！　決まり！」
　カルタ部‥‥‥‥か。

　悦ちゃんが、ウチをコンサートに誘ったのは、秋も深まり、京都でもそろそろ初雪の頼りが届く頃。

「**NSP*〜〜〜〜〜？**」
「そ。今度来るんだって！　花ちゃん、NSP嫌い？」

【*NSP＝1972年、ヤマハのポピュラーソングコンテストからデビューした岩手県出身の３人組のフォークグループ。『夕暮れ時はさびしそう』が大ヒットし、当時の女子高生に圧倒的人気があった】

「あの、『呼び出したりしてゴメンゴメン』っての？」
「そうそう！『夕暮れ時はさびしそう』！　チケット２

枚、手に入ったの。一緒に行かない？」
「ん～～～～～～～～～～～～」
　いくらなんでも、ワルにNSPは似合わない。
　ワルは「呼び出したりしてゴメンゴメン」とか言わないからだ。

　けれども、ふと‥‥‥。
「悦ちゃん。そのチケット、本当にタダで手に入れたん？」
「あ‥‥‥‥‥バレた？　実は、花ちゃんと行きたくて、おこづかい貯めて買ったの‥‥‥‥‥‥」
　悦ちゃんの家は母子家庭で、私立に入れてるだけで精一杯と聞いたことがある。

「アホ‥‥‥‥‥‥」
「だって、１人で行ったってつまんないもん。花ちゃんと一緒に行きたかったんだ」

「そっか‥‥‥‥‥。わかった！」

第16話《BS》2枚のチケット（1）

「井上の行く予定だったNSPのコンサートチケット1枚あんだけどよ。お前行かねぇか？　好きだろ？」
　孝昭くんが、僕をつかまえて唐突に言いました。

「え？　NSPのコンサート？　Y市に来るやつ？」
「ああ。アイツが頼むから、ダフ屋の兄ちゃん脅して仕入れてやったのによー。星の観測すっから行けないって、断って来やがったんだよな」
「ふーん。行ってもいいけど。お前も行くのか？」
「まさか。俺は行かねぇって」
「なんだぁ。ひとりじゃヤだな」
　Y市は、ここから1時間。
　けっこう不良も多くて、夜のコンサートは帰りがぶっそうです。
「ひとりじゃねぇから。2枚仕入れてっからよ。必ず行けよ」
「いいけど……。いつ？」
「明後日。金曜の夜だ。必ず行けよ」

必ず???

　僕は、もう１枚分は、てっきり妹の夕子ちゃんだろう、と、踏んでいたのですが。
「え！　お姉さんなんですか!?」
　当日、現れたのは、孝昭くんの姉・早苗(さなえ)さん！

「おー。悪いか！　スケ番がNSP好きじゃ悪いかよっ！」
　そうか‥‥‥‥。孝昭のヤツ、井上のためとか言いつつ、実はお姉さんに脅されて‥‥‥‥‥。

　シマッタ‥‥‥‥。

「いえ‥‥‥。そんなことはありませんけど‥‥‥‥。他に誰か好きな子いなかったんですか？　女子校なんだし‥‥‥‥」
　ところが、これが、そうはいかない事情があったのでした。

「バカヤローーー!!!」

どうでもいいけど、駅で大声出さないで‥‥‥。
「アタシは、こう見えてＹ市で番はってんだっ！　NSPが好きなんて言えるか！」
　さっき自分で「悪いか」って‥‥‥。
「スケ番は永ちゃん好きって相場が決まってんだよ！」
「そういう‥‥‥‥‥もの‥‥‥‥‥ですか‥‥‥‥」

「それを『呼び出したりしてゴメンゴメン』なんてーの聴いてたら威厳が保てねぇだろうが！」
　じゃぁ聴かなきゃいいのに‥‥‥‥‥‥。

「ァア～～ン？　今、なら聴かなきゃいいのに、って思ったろ！　お前！」
「いえ‥‥‥‥‥けしてそんな‥‥‥‥‥」
　スルドイ！
「好きなもんは好きなんだ。しょうがねぇだろ！」
「はい‥‥‥‥僕も好きですから。わかります‥‥‥‥‥」

「え？　ホント？　だよな～～～～。いいよな～～～～。

NSP！　特にベースの平賀さんが！」
　突然ゴキゲンになる早苗さん。
「そうですね・・・・・・・・僕はギターの中村くんがいいと思ってま**「いいよなっ！　ベースの平賀さんがっ！」**すが・・・・・・」
「ええ。だから僕はギターの中村**「いいよなーーーーーっっ！　ベースの平賀さんがぁあああああ！」**さんも・・・・・・」

「はい・・・・・・・・ベースの平賀さん・・・・・・・・。最高です・・・・・・・・・」
　今からベースの平賀さんファンになりました・・・・・・。

　こんなのとコンサートに行っても楽しいわけありませんので、
「やっぱり、誰か他のかた誘われたほうが・・・・・・・・」
「なんだとぉおお？　アタシとコンサート行くのは嫌だって？」
「いえ。そういうわけじゃありませんが・・・・・・・・」

「お前、いつだったか**女もんのパンツ欲しいっていうから買ってやっただろーがーーーー！**」（①巻）

第24章　花ちゃん外伝　マスカレード　　107

「いや‥‥‥‥、お姉さん‥‥‥‥そんなことを、そんな大声で‥‥‥‥」
 待合室の高校生たちがいっせいにコッチ見ています。

「小股の切れ上がったセクシーパンツ、やったろ？こ〜〜〜ブイってやつっ！」
 ジェスチャーすんな〜〜〜〜！
「あああ‥‥‥‥買って‥‥‥‥買っていただきました‥‥‥‥はい！ ブイ‥‥‥‥」

「オマエ、あれかぁああ？ あれ**毎晩自分で穿いて鏡に**〜‥‥‥‥」
「す、すいません！ コンサート、行かせて！ 行かせていただきます！ うれしいなぁ！ NSP！」
 すごい脅迫‥‥‥‥。

「とにかくよ。学校のヤツと一緒ってワケにゃいかねぇんだ」と、今度は小声でお姉さん。
「あー。はい。永ちゃん好きってことになってるんですよね？」
「おお。スケ番はやっぱロックだろ、ロック」
「じゃ、ひとりで行けば？」

「**お前、女モンのパンティ毎晩～～～～**」

「す、すいません！　ご一緒させていただきますとも！」

「最初っからそう言えばいいんだよ！　楽しみだよな。**ベースの平賀さん**」

「あ～～～。楽しみですね。ギターの中村「**平賀さんっっっ!!**」さんも‥‥」

「平賀さんが‥‥‥‥‥」

　泣きたいほど楽しみ‥‥‥‥‥。

第17話《GS》2枚のチケット（2）

　けれどもコンサート当日。悦ちゃんは、学校にさえ来なかった。

「花！　大変だ！　アンタのダチの‥‥‥なんたっ

け?」
「悦ちゃん?」
「そう、そいつ！　やられた！」
「やられた、て‥‥‥‥?」

　女の場合、「やられた」には２つの意味がある。
　悦ちゃんの場合は、より悪い方やった‥‥‥‥。

「たぶん、お蘭のグループに売られたんだ」
「お蘭のグループ?」
　北女のスケ番グループは、ウチには手を出さなかった。
　たぶん、背後に叔父（ケンちゃん）がいるからだろう。なにしろ叔父様は本物だ。
　だからって、まさか友達を襲うとは。なんて汚い！

　この頃、ミッション系女子校を狙った性犯罪グループの噂があって、学校からも注意喚起の通達があった。

「お蘭のグループって、そいつらと一悶着(ひともんちゃく)あったんじゃなかった?」
「だから、手打ちで売ったんだろ」
「手打ち‥‥‥‥‥」

それを証明するかのように、ウチには、コンサートとは別のチケットが届いた。

『喫茶カトリーヌで待つ』

　カトリーヌ‥‥‥‥‥。
「お蘭たちの根城だよ！」
「行っちゃダメだ、花！　アンタもやられるって！」
「ボロボロにされるよ！」

「そうもいかんやろ‥‥‥‥」
　彼女は、ウチと一緒にいるからやられたに違いない。
　ウチといるせいで。

「アンタらは来なくてええから」
「いや、そうもいかないって！」
「アンタら、勝てるん？　お蘭のグループに。まして男どもに」
「けど‥‥‥‥‥‥」「花‥‥‥‥‥‥」「‥‥‥‥‥‥」
　人数が多ければ、被害が大きくなるだけ。

「ウチは大丈夫や」
　勝算はある。

「お蘭。決着つけたる‥‥‥‥‥！」

第18話《BS》2枚のチケット（2）

「**孝昭ーーーーーっ！**」
「なんだよ」
「もうひとりって、お前の姉ちゃんじゃん！」

「俺の姉ではいけないでしょうか？」
「いや‥‥‥‥‥いけないって言うか‥‥‥‥‥」
　これ以上いけない人も珍しいわけですが。

「ぼ、僕はてっきり妹の夕子ちゃんかと‥‥‥‥‥」
「んあ？　夕子ちゃんなら俺が行くぞ」
「う‥‥‥‥‥」
　確かに。
　僕は自分の愚かさを呪いました。

そればかりか、
「妹がどうかしたって？」
『ゆ・う・こ』という単語に異様に敏感であるグレートな兄まで引き寄せ、
「い、いや‥‥‥‥‥別に‥‥‥‥‥特に‥‥‥‥‥‥」
「そうか。めったな出来心おこすんじゃないぞ」
「はい‥‥‥‥‥。すいません」
　いわれのない謝罪まで。

「いや‥‥‥‥井上。そもそもはお前のチケット‥‥‥‥‥‥」
　するとグレート井上くん、
「僕が孝昭の姉さん、苦手なの知ってるだろ？」
「いや‥‥‥‥‥みんな苦手だけど‥‥‥‥‥」
　あの女好きの鑑・西条くんでさえ苦手。

「君は早苗さんのお気に入りじゃないか」
「特に、そういうわけじゃ‥‥‥‥‥」
「いや。間違いない。彼女は君の瞳(ひとみ)に恋してる！」
　コラコラコラ！

自分が逃げたいからって奇麗ごとをっ！

くそ〜〜〜〜〜。

「おい」
「ん？　なんだよ。孝昭」
「めったな出来心おこすんじゃないぞ」

おこすかっ!!!!

「さっさと行け！　電車に遅れるぞ？」

　コンサートの開場は午後18時。開演が18時30分。
　お姉さんとの待ち合わせはＡ駅で、そこから１時間ちかく電車にゆられなくてはなりません。

　憂鬱なスケ番との待ち合わせ。

　が。

「お待たせ♪」
　見慣れない人が駆け寄って来ました。

と、思ったう、

「あーーーー！　お姉さん！」

　それは孝昭くんのお姉さん。
　ではあるのですが、
「な、なんなんです？　そのフリフリの服！」
「あん？　だからよ。アタシだってバレちゃ困るんだよ。スケ番はな」
「永ちゃんと相場が決まってる‥‥‥‥？」
「わかってんじゃねぇか」
「いや‥‥‥‥でも、それにしても‥‥‥‥」

　どこの童話から抜け出して来たかと思われるようなフリフリ服。フリルがない部分を探すのがむずかしいほど！　それも淡いピンクです。
「なにしろ会場、アタシのガッコのすぐ側だからよ。なみたいていの変装じゃバレんだよ」
　北女は、今回のコンサート会場と同じＹ市内。
「な、なるほど‥‥‥‥これならバレない‥‥‥‥ですね」
　別の意味で目立ってるけど‥‥‥‥。

「だろ？　なにしろ演劇部の服だからな」
　どうりで‥‥‥‥‥。仮装大会だよ‥‥‥‥‥コリャ。

「だからよ。今日はアタシのことキャロラインって呼べ！」
「きゃ、キャロラインですか‥‥‥‥‥」
　すげー怪しいぞ。キャロライン。

　向かい合わせの電車の座席。
　早苗さ‥‥‥‥‥キャロラインは、化粧も髪型も普段のスケ番ではなく「キャンディ・キャンディ」です。
　スカートも短く、普段のスケ番モードとは対照的。

「ん？　オマエ、今アタシの足見てたろっ！」
「え‥‥‥‥‥いや‥‥‥‥‥あの‥‥‥‥‥。めずらしくスカート短いなぁ、って‥‥‥‥‥」

「オマエ‥‥‥‥‥」
「はい？」
「めったな出来心おこすんじゃないぞ？」

　くそ～～～～～～！

腹たつ〜〜〜〜〜！

「お、起こすわけないでしょ！」

　あ･･･････。
　一瞬、お姉さ･･･････キャロラインの表情が曇り、僕は少々強く言いすぎたことを、ちょっと悔やみました。

「･･････え？　･････アタシって魅力ない？」
「あ〜〜、いや〜〜〜〜、いえ。魅力的ですよ。おね･･･････キャロライン」

　すると早･･･････キャロライン。
　じっと僕の目をみつめると。
　なんと僕の顔を両手でおさえて･･･････

　嘘(うそ)･･･････
　さな･･･････キャロライン･･･････。
　こんな人前で･･･････。

ガンッ！

電車の窓にしこたま打ち付けたのでした‥‥‥‥。

「痛〜〜〜〜〜〜〜〜〜（泣）」
「ったく。色気づきやがって！」

キャロライン。狂暴です。

第19話《GS》2枚のチケット（3）

ウチかて、おめおめとやられるわけにはいかへん。
ウチはその足で、歓楽街へと向かった。

「お。姐御〜。ちょいひさしぶりっすね〜」
「あ。ジロさん！」
ケンイチ叔父様の手下で、ジロさんとヒロミさん。
彼らとの再会は、こっちに来て間もなくのこと。
狭い田舎の歓楽街で、彼らに出会うのは偶然ですらなかった。

彼らは、地元の小さな組の構成員で、ここがひとつの

根城だった。
　ウチはあっという間に彼らと意気投合したが、出会ったことも、ウチの現状についても妙子叔母さんたちには伏せてくれるよう頼み込んであった。
　むろん、それは彼らにとって迷惑な話やった。

「姐御〜。こう言っちゃなんですが、姐御にこの界隈は似合いませんぜ〜」
「ほんとほんと。あっしらも、いつ兄貴にバレるかヒヤヒヤもんなんですから〜」

「似合わへん？」
「へい。姐御はやっぱスッチーっしょ！」（㉓巻）
　それは意味が違うような‥‥‥‥。
　スチュワーデス、本業じゃないし‥‥‥‥。

「また姐御の〝あてんしょんぷり〜ず♪〟、見たいっす」
「色っぽかったよな！」
「うんうん」
「胸なくってもな！」
「うんうん」

余計なお世話や。

「アテンションプリーズ見せるから！　ちぃとつき合うてほしいんや」
「なんです？」「そりゃ姐御の頼みとあればなんなりと！」

　が、話が北女のスケ番に及ぶと、彼らは一様に口が重くなった。
「えっ！　北女のスケ番ですか？」
「そらぁなー。姐御の頼みとあらば手助けもしたいとこですが‥‥‥‥‥」「アテンションプリーズも見たいんすが‥‥‥‥‥」
「それほど強いん？」
「いやいや。そうじゃありやせん。スケ番は、俺らぁ玄人でもちと手の出しにくい人種なんで」
「バックがわかんないから？」
「ま、それもありますが、それだけじゃないんで‥‥‥‥‥」
　どうやら玄人なりの理由があるらしい。

「未成年の素人に手ぇ出すのは、ただでさえ厄介なんで

すが、これが女となるとさらに厄介でしてね」
「単なる暴力沙汰でも、女だと暴行取られる可能性あるわけですよ」
　なるほど‥‥‥‥。
「刑事罰でも傷害は執行猶予付きますが、暴行となりゃ話別ですかうね」
「そう。刑期は比較になんないほど長ぇ。しかも起訴は相手の証言次第ですから」
「暴行で訴えられりゃ、刑事罰ばかりか、たいてい民事も付きます。暴行の賠償金は高ぇ。組もそこまでは面倒みれねぇんで」
「ですからね。スケ番にゃ、うかつに手ぇ出すなって、上からもきっついお達しがあるわけで」
　プロの説明は恐ろしいほどに理路整然としていた。
　スケ番が、女でたらにその勢力を維持できる理由。
　そして、
「もし、やるんなら、きっちりカタにハメないと」
「ハンパは許されねぇってことですね」

「カタ？」
「情婦にするか、あるいは売り飛ばすか、ってこってす」

女なら、背筋が寒くなるようなことを言った。
　やっぱり、この人たちも、曲がりなりにもヤクザなんだ……と………。

「姐御、番とろうって計画ですかぁ？」
「………ウン。まぁ、そんなとこ」
「へぇ………。姐御がねぇ………」
「北女のねぇ………」
　腕をかかえたが、
「けど、姐御が番とってくれりゃ、それはそれで俺らも大助かりで」
「お。それもそうだな。ジロ」
　よくはわからないが、やはり利害関係があるらしい。

「今度の北女のスケ番は腕っぷしもいいらしいですが。でも、姐御ならなんとかなるかも知れません」
　お蘭のことだ。
「うん。お蘭とはウチがタイマンはるから。邪魔入らんようにだけしてくれはらへん？」
　それは、ウチからお蘭への温情みたいなもんやった。
　一度も利害関係を持ったことのないお蘭が「カタに嵌(は)められる」のは、さすがに気が引ける。

「え？　やるんですか？　姐御」
「ウチがやるぶんには、暴行はないでしょ？」
「あー、そらぁ見ものだ。なら協力しますぜ」「うん、俺らも女子高生ごときにでかい顔されんのは、おもしろくはねぇ」

「ただし‥‥‥‥」
　ジロさんが深刻な表情をした。

「アテンションプリーズ、もっかい見せてもらえますか？」

それかいっ！

　こうしてウチは、「プロ」3人を従えて、お蘭たちのアジトへ向かうことになった。
　これでめったなことにはならないだろう。
　餌(えさ)が「アテンションプリーズ」ってのが、どうにもなさけないが。なにしろ3人は、チンピラとは言え「本物」だ。

で。車は例によってクラウン‥‥‥。

「またクラウン!?」
「他にないんで」「贅沢(ぜいたく)言ってもらっちゃ困ります」
「ええんやけど‥‥‥」
　これ借りもんでしょ。
「なぁに。もし車に傷でもつけようもんなら、今度は毛利(もう)組が黙ってませんから！」
「あ、なるほど！」
　あったまええなー。意外に。
　‥‥‥と、思ったら、

ガガガガ！

「あ、コスった‥‥‥」
「どアホ！」

　こんなんでホンマに大丈夫やろか？

　そして喫茶カトリーヌ。

「ジロはん。悪いけど、これ、中にいるヤツらに届けてくれへん？」
「へい！」

　おめおめと敵が待っている屋内に入る馬鹿はおらん。やり合うなら、正々堂々、屋外や。
　屋外やったら、万一の時、警察も駆けつけることはできる。

　決戦の場所は、市営グランド。

第20話《BS》2枚のチケット（3）

　コンサート中、普通の女子高生以上にモジモジしていた早………キャロラインでしたが、最後のアンコール曲『さようなら』では、

　♪きみはミカンをむいてくれたし、ありがとうってぼくは笑ったはずさ

ボロボロに泣いているのでした‥‥‥‥。

　おかげでコンサートが終わっても、すぐに立つことができません。
「あの‥‥‥‥さな‥‥‥‥キャロライン。コンサート、終わりましたよ？」
「うう‥‥‥‥ミカンもむいてくれたのに‥‥‥‥‥」
「あーー、感動にひたるのはいいですが、みんなの邪魔になってますが‥‥‥‥キャ、キャロライン」
「**るっせぇ！　ここいらはアタシのシマなんだよ！どけて通りゃいいだろーがっ！**」
　この豹変。「シマ」を持ってるキャロライン。

「ありがとうって‥‥‥‥笑ったのよねー‥‥‥‥ウンウン」
　なんか今もって歌詞をかみしめてます。
　まいったな‥‥‥‥こりゃ実の弟もつきあわないわけだ‥‥‥‥。

　ようやっと会場の外に連れ出すと、外はすっかり夜で

した。
「あー、やっぱNSPはいいねぇ。ベースの平賀さん、かっこよかった〜〜〜」
「そうですね。中村くんのギターもかっ**「ベースの平賀さんっ！」**こよかっ‥‥」
「天野くんのボー**「平賀さんっ！」**カルも‥‥‥‥‥」

「そうでした‥‥‥‥‥。平賀さん、よかったです‥‥‥‥‥」
「あ、それから、中村さんもなかなかだったわね〜〜〜」
　だからそう言ってんじゃん！
　つまりは自分の言いたいことを言いたいだけです。キャロライン。

「どっかでお茶でもしよっか？　エリオット」と、キャロライン。
「エリオット‥‥‥‥‥って誰です？」
「エリオットはアンタだよ！　キャロラインの相手はエリオットって相場が決まってんだよっ！」
「わ、わかりました‥‥‥‥」

そういう相場があったのか・・・・・・・・・。

　僕はちょっとためらいましたが、街灯に映し出された
キャロラインの横顔がちょっと奇麗に見えて、

　うわ・・・・・・・女っぽい・・・・・・・・・。

「そう・・・・・・・・・ですね。どっちにしろ終電出ちゃった
し。最終バスまで間があるし」

「でしょ？　行こ！　アルバート」
　アルバートって誰だ？
　エリオットが相場じゃなかったのか？

　けどNSPは、さすが女子高生に人気があるだけあって、
お姉さんもちょっぴり女子高生にもどってます。
　ま。女子高生なはずなんですが・・・・・・・・・。

　けれど、ここからが普通の女子高生と違います。キャ
ロライン。
「ちとつきあえ。パトロールすっからよ」
「パトロール？」

「言ったろ？　ここいらはあたしらのシマなんだ。見回んねぇとな」

（当時の）不良グループ、特にスケ番グループは、自分のシマの中に一般生徒が立ち入るのを極端に嫌いました。
　それはへんな縄張り意識でもあったのですが、結果としてそれが、普通の生徒が歓楽街に入るのを防ぐことになり、奇妙な治安が保たれたのです。

「えっと～～～。そのカッコでですか？」
「あ。そうだ。今日はスケ番じゃないんだったな‥‥‥‥‥。気をつけないと」
　と、言いつつも。
　歓楽街に入り、前方に、いかにもな不良高校生につきそった女学生らしき姿が見えると、

「おーーーい！　そこのチンピラぁあ！　お待ちになって～～～～」

　微妙‥‥‥‥‥‥。

「あん？　なんだぁ？　このスケは」「なんか俺たちに

第24章　花ちゃん外伝　マスカレード

用かぁ？」
「うん。アンタらが連れてるその女。うちのコだから」
「うちのコぉお？」
「そう。だから、その子おいて、とっととどっかにお消えになって」
　うーん‥‥‥‥。キャロライン‥‥‥‥‥。かなり無理があります。

「アンタもね。こんな時間にアタシのシマうろうろしちゃダメなんだから」
　するとその女の子。
「はぁ？　あんた誰‥‥‥‥‥って‥‥‥‥‥ゲッ！」
　突然あらたまると、
「は、は、はい！　す、すぐ帰ります！」
　簡単に正体は見破られたようです‥‥‥‥。キャロライン。

「いい子ねぇ。とっととお帰りになりやがりなさい」
　せっかくの獲物(？)を逃がした男達は、当然不満タラタラ。
「アケミ〜。そりゃねぇだろ？」「なんだってんだよ。こんな女のひとりやふた‥‥‥‥‥」

ドスッ！

「ここはあたしのシマだっつってるでしょ？　中央のガキか？　オマエら」
「げ・・・・・・・・・あ、あんたは・・・・・・・・・いったい・・・・・・・・・・？」
「キャロライン」
　ねぇ、やめましょうよ・・・・・・・・・その呼び名。

「こいつはダニエル」
　紹介してるし・・・・・・・・・。
　名前ちがってるし・・・・・・・・・。

第21話《GS》市営グランドの決戦（1）

　お蘭グループのアジト。喫茶カトリーヌ。
　意外なことに、手紙を届けたと同時に、連中はゾロゾロと外に出て来た。

中に仕掛けはなかった？
　それがあまりに早過ぎて、ウチは車にさえ乗り込めていなかった。
　ジロさんとヒロミさんがウチの背後を守る。

「なんだぁ、テメェか。花」
「お蘭はおる？」
「お蘭さんは留守だよ。今日は来ねぇ。永ちゃんのコンサートに行ってんだ」
　こんな時にコンサートとは。悠長なヤツ。

「まぁ。アンタらでもええわ。悦子襲わせたのはアンタらか？」
「さぁーーー、知らないねぇ」
「とぼけんなやっ!!」

　女たちは静まり返った。
　ようやく、一番奥にいたナンバー２らしき女が、

「アンタぁ。噂の転校生だね？　斎藤って言ったっけ？」
「？」

132

自分で果たし状を出しておいて、奇妙な話やった。

「お蘭がおらへんなら、アンタらに相手してもらおか？」
「フン‥‥‥‥‥。こっちも、テメェにはヤキ入れなきゃって思ってたとこさぁ」
　この女は、ヒロミさんたちプロにビビる雰囲気がない。
　逆にヒロミさんたちが、彼女に恐れを抱いたようにさえ見える。
　これか‥‥‥‥‥スケ番グループのやっかいさ‥‥‥‥‥‥。

「じゃぁ、待っとるわ。そこに書いてあるよう、場所は市営グランド」
「わかった。すぐ行く」

　一緒にいた手下たちは、ひとりを除いて全員が移動を始めた。
　さすがに馴れとる。コイツら。
　この上で暴走族などの援軍に集まられてはかなわん。
　勝機があるとするなら、短期決戦や。

第24章　花ちゃん外伝　マスカレード

市営グランドは、ネットフェンスで囲まれ、有刺鉄線までほどこしてあるが、入口の鎖は誰にでもほどくことができた。
　そのフェンスを背負う形でウチ。

　前にスケ番グループ、6名。
「手伝いますか？」と、ジロさん。
「ううん。援軍だけ押さえてくれへん？　ジロさん」
「おやすい御用で。けど、大丈夫ですかい？　姐御ひとりで」
「だいじょぶ。この人数やったら」
　逆にこれに1人でも加わられたら、アウトや。
「やれやれ。たいしたもんだ。姐御」
　ヒロミさんたちを、「犯罪者」にするわけにはいかん。

　彼らはスケ番グループにガンをとばしながら、入口付近へともどっていった。

「おやぁ？　援軍は帰すのかい？」と。ナンバー2の女。
　やはりプロを恐れている気配はまったくない。
　馴れているんだ‥‥‥‥‥。

「あんたらなら、ウチひとりでじゅうぶんや」
「おやおや。お蘭グループも舐められたもんだねぇ‥‥‥」

　ウチの前にズラリと並んだスケ番グループ。
　6人と言えど壮観だ。
　各々、手には武器をたずさえている。

　自転車のチェーン。
　カッターナイフ。
　木刀。
　リーチでは不利‥‥‥‥‥。

　一番やっかいなのは‥‥‥‥ナンバー2の持っているチェーン。
　昼なら避けきれるかも知れないが、この暗さでチェーンは見えにくい。
　当たる可能性は極めて高い。

　ウチは制服のスカートを脱ぐと腕に巻きつけた。

「へ？　なんのつもりだい？」
「こんなとこでストリップでも、おっ始(ぱじ)めるつもりかい？　あはははは」

　油断が入った！
　今しかない！

「斎藤 花！　参るっ！」

第22話《BS》市営グランドの決戦（1）

　どうやらこの界隈における「キャロライン」の勢力は絶大なようで、人相の悪い男や女は、たいてい道を開けます。
　その見てくれがあまりにシュール、というのもあるのかも知れませんが。
　あらためてすごい。スケ番‥‥キャロライン。

　やがてたどりついた喫茶店『カトリーヌ』は、なんのこともない、市民会館のすぐそばの裏通りにありました。

薄暗い店内が、ちょっぴり淫靡(いんび)。

　と、思ったら‥‥‥‥‥

「姐御ー。なんです？　そのカッコはぁ」
　不良女子高生の巣窟でした‥‥‥‥‥。

「ありゃ‥‥‥‥‥お前ら、いたのか‥‥‥‥‥」
　それはキャロラインにとっては、ちょっと予定外のことのようでした。
「あれ？　なんです？　姐御の新しいオトコですか？」
「え　ああ、そんなもんだ。紹介するよ。連れのレオナルドだ」
　さっきダニエルって‥‥‥‥‥。
　つまりは外人の名前ならなんでもいいんだな‥‥‥‥‥。

「よ、よろしく‥‥‥‥‥。れ、レオナルドです」
　とたんに爆笑。
　そりゃそうだ‥‥‥‥‥。レオナルドじゃないよなー、どう見ても。
「ペーターじゃなかったのかよ？」(⑦巻)

何人かは覚えていました。
　それだって、早苗さんが勝手につけたんですが。

「ところでお前ら、なんで集まってんだ？　今日は集会ナシっつったろ？」
「それがですねー、姐御。姐御を待ってたんで‥‥‥‥‥」
　なにやら耳打ちする手下。

「はぁ？　あの転校生がかぁ？　市営グランド？」
「へい。それでいまヤキを入れに行ってるとこで‥‥‥‥‥」
「バッカヤローーー！　アイツにゃまだ手ぇ出すなって言ってあっただろーが！」
「けど‥‥‥‥‥」

　またなにやら耳打ちしています。
　うなずくキャロライン。

「ふうん‥‥‥‥。そりゃちょっとおイタがすぎるねぇ」
「でしょ？　そいで今、市営グランドに‥‥‥‥‥」

「バーカ。おまえらが５、６人、束になってもかなわねぇよ。アイツは、かなり本格的に武道やってる」
「でも、もう‥‥‥‥‥」

「困ったねぇ。しかしなんだってアジトにまで乗り込んで来たんだ？　あの転校生」
　とんでもない所に出くわしてしまいました‥‥‥‥。

　帰りたい‥‥‥‥‥。

「悦子の敵？　悦子って2Bの？」
「へえ。たぶん」
「オマエら心当たりは？」
　一斉にクビをふるキャ‥‥‥ロラインの手下たち。
「けど、因縁つけられちゃしょうがないねー。案内しな」

　どうやら「出入り」があるようです。

「というわけで、悪いね。アタシは、ちと急用できちゃったから。またな、フレデリック」
　また名前ちがってますけど。

第２４章　花ちゃん外伝　マスカレード　　　１３９

「姐御。あいつ、チンピラつれてますぜ？　本物のヤーさんですよ？」
「ヤーさん？　へぇ。そんな顔広いんだ。転校生のクセに」
　至って平然とキャロライン。
「はい。だから、そのフレデリックでもいいんで、男連れてったほうが無難かと‥‥‥‥‥」
「あん？　フレデリックを？　ばーか。こんなヤツ役にたつわけねーだろ」

「でも、ソイツ、西条の仲間じゃないスか？」
　さすが西条くん。不良の間では知名度抜群です。

「西条のグループだけど弱いんだよなー。マッケンジーは」
　マッケンジー‥‥‥‥‥。よく次から次に忘れられるものだ‥‥‥‥‥。ここまでくると、ひとつの技術です。

「アタシひとりで十分だ。案内しな！」
　そう言うと、キャロラインは、キャロラインの格好のまま、店を出て行ってしまいました。

静寂が訪れる店内。
　ひとり残った手下が、
「アンタ！　西条のダチなら、西条呼んでくれよ！　いくら姐御でもプロ相手はヤバいって！」
「西条を？　ですか？」
「ああ。西条ならプロ相手でも百人力だ！　たのむよ！」

　こういう場合なら、移動も早い孝昭くんでしょうが。さすがに弟の手助けはお姉さんもいやがるはず‥‥‥‥。

「‥‥‥‥わかりました」
「恩に着るよ！　ガブリエル！」
　誰だよ。それ‥‥‥‥‥。

「もしもし？　西条？　僕、ガブリエル。あ‥‥‥‥待て！　切るな！　切らないでくれ！」

「というわけで、西条に手伝ってほしいんだってさ」

　横でさっき頼んだ女が、話のゆくえが気になるのか、受話器に寄って来ます。
　一応、女子高生ではあるものの、どっちかと言えば『赤ベコ』に近い人でしたので、僕は、その都度に向きを変えて身をかがめなくてはなりませんでした。
（※赤ベコ＝福島県会津地方の郷土玩具）
　おねがいだから肩に鼻息かけないで‥‥‥‥‥。

「え？　だからさ。相手にヤーさんがいるんだって」

「あ？　競馬？　なんだよ、競馬って。よく聴こえないぞ」

「え～～～～！　そんなこと頼めないって！」

「いや。だからさぁ。西条。ほんとにピンチなんだって」

「あ？　競馬？　わかった‥‥‥‥‥。言ってみるけど‥‥‥‥‥保証はないぞ」

電話は切れました。

さて‥‥‥‥どうしたものか‥‥‥‥。

横にいた赤ベコちゃん。
「どうだった？　西条、来てくれるって？」
「えっと～～～、来てもいいそうですが、条件があると‥‥‥‥‥」
「条件？　なんだってんだ？」
「えっと‥‥‥‥まことに伺いづらいのですが‥‥‥‥‥」

「え？　あたい？」
　勇気だ‥‥‥‥。勇気！
「あの～～～、お嬢さん、しょしょしょしょしょ‥‥‥」
「ん？」

「しょしょ、処女ですか？」

「な、な、な、な、な！」

ドスッ！
　ボコッ！

　そらそうだ‥‥‥‥。いきなり処女かはあまりに失礼というもの。

「しょ、処女で悪いかよっ！　くらぁーーーー！」
「やっぱり！」

　ドスッ！
　ドスッ！
　ボコッ！
　ボコッ！
　ボコッ！

　激しい「照れ」攻撃！
　こん棒のような腕がふっとんできます！

「い、いえ。ち、ち、違うんです。き、聞いてくださいよ！」

ようやく攻撃が収まると、
「えっと………。西条が、明後日の日曜に競馬に行くんだそうで………」
「それでえぇ？」
「えっとですねぇ。そのお守りがもらえれば、来てやってもいいと………」
「お守り？」
「はい～～～～～」
「それとあたいが未経験なのがどう関係あんだ！くらぁ！」
「はぁ………それが…………」

　さらなる勇気。
「言ってみろ！」
「はい。えっと～～～……競馬には処女の毛がお守りになるんだそうで………」（←本当）

「処女の………毛？」
「はい。僕は競馬やらないんでよくわかんないんですが…………」
「毛って？」

「あーーーー、なんていうかホラ〜〜〜〜‥‥‥‥‥‥‥」
「髪の毛？」
「いえ。そうじゃなくって‥‥‥‥‥ホラ‥‥‥‥‥」
　僕は、これまでの人生でもかつてないほどの勇気をふりしぼり。

「○毛」

ドスッ！
ドスッ！
ドスッ！
ドスッ！

ドスッ！
ドスッ！
ドスッ！
ドスッ！

　うう‥‥‥‥‥‥‥‥‥
　なんで僕がこんなめに‥‥‥‥‥。

しかも。

　もらえた。

「あ、ありがとうございます‥‥‥‥」
「た、た、大切にしろよ！」
　いやぁ‥‥‥‥大切にっつっても‥‥‥‥。赤ベコだし‥‥‥‥。

「い、いちばん、こう、カール具合の奇麗そうなやつ抜いたんだからな！」
　カール具合‥‥‥‥。そんなリアリティのあること言わないで‥‥‥‥（泣）。
　ティッシュにつつまれたそれを、受け取りましたが、

「あれ？　なんで2つ？　1本でいいですよ？」
「えっと‥‥‥‥一応、お前のぶんも‥‥‥‥」

　　えええええええ‥‥‥‥

「いや‥‥‥‥僕は‥‥‥‥競馬はやらな‥‥‥‥」

第24章　花ちゃん外伝　マスカレード　　147

「なんだぁ？　あたしの○毛はいらないとでもぉおおおおお？」
「あ………いえ。と、とってもうれしいです！　大切に、大切にさせていただきますとも！」

　　　西条のバカヤロ——————————！

第23話《GS》市営グランドの決戦（2）

　狙いは一番右のカッター女。
　右利きの人間は左旋回に弱い。
　ダッシュと同時に低い位置を狙う。男センセに教わった攻撃方法。

「つっ!!」

命中！

アンタらに避けきれるもんか！
そのまま顔を蹴り上げ、右に逃げる！　残り5人！

スケ番グループの長いスカートは、実は戦闘にはまったく不向きだ。
　特に走った場合は、靴をヒールから履き替えていても、著しく邪魔になる。

　対してウチは、スカートを脱いでいるので、スリップだけ。
　走る速度は、それぞれ人ごとに違う。まとまった相手を散らすのにはこれに限る。
　わずかに速度をゆるめて、最初の到達者を待つ。

　次が木刀の女。

　きた！

　木刀の軌跡は実にわかりやすい。ふりおろされる木刀が、やけにゆっくりに感じられた。

「悦ちゃん‥‥‥カルタって、すごいかも？」
　男センセも言うとった通りだ。
　俊敏さにかけては合気道の比ではない。

スカートの巻かれた左手で木刀をふせぐと、のど元をめがけてパンチをくらわせた。

「くはっ！」
　女の不良は、見えない部分に仕込みが多い。
　夏でも黒制服を着ている理由でもある。したがって腹などは狙えない。
　対してのど元は絶対的急所。はずれても顎。
　いずれにしてもしばらく動けないくらいのダメージは与えられる。
　これはキンタから教わったもの。
　スネ、突きは、薙刀の実戦での基本だ。

　これで２人はしばらく離脱。残り４人！
　追いつかれる前にまわりこんで‥‥。

　ブン‥

　風を切る音、
　チェーンがくる！
　スカートを巻いた手にからんだが、まわりこんだ先端が顔を切った。

「痛！」
　引き合いになるとこっちが負ける可能性がある。
　ウチはそのままチェーンをゆるめて、再度強く引く。
「ぎゃっ！」
　チェーンは持っている側にとっても刃物だ。突然の引きには弱い。

　後ろ蹴りでもうひとり！　残り３人！
「コ、コイツ！　つえ！」
　せやから言うたやないの。

　左手をチェーンに束縛されたままは不利。
　スカートをはずしてナンバー２に襲いかかる！
　片手で使える合気柔術の技は、両手の1/3しかない。
　いちかばちかだ。

　ひるんでる！　勝てる！

　‥‥‥‥と、思ったそのとき。

　パン。パン。

どこかから手をたたく音が聞こえた。

「そこまでだよ！　オマエら」
「あ‥‥‥‥」

　スケ番グループの動きがピタリと止まった。

　10mほど先の暗闇(くらやみ)に人影。
　お蘭か？

　なんて統制力。
　それよりなにより、

　なんてファッションセンス‥‥‥‥‥‥

　なにあれ？
　少女漫画からでも出てきたようなファッションだ。

「アンタは‥‥‥‥」

「キャロライン！」

「はぁ？」

第24話《BS》市営グランドの決戦（2）

　西条くんに「吉報」を電話で伝え、僕は一足先にキャロラインの向かった市営グランドへと走りました。

　確かこっち・・・・・・・・・

　そこは、何度か高体連で来たことがありましたが、距離的には、西条が来るまで早くて20分。

「それまでキャロラインを足止めしないと・・・・・・・・・」

　しかしキャロラインが見つからないまま、時間は過ぎ、とうとう市営グランド直前までたどり着いた所で、
「よーーーー」
　バイクに乗った西条くん、到着。
「あ。西条、早かったな」
　さらに、

「来てやったぜ〜」
「あれ？　久保(くぼ)も来たのか？」

「ああ。実は西条ん家にいたんだ」
「へぇ〜」
「一緒に読書会してた」
　あーーーー・・・・・・・・・・・・
　なんの読書会かは分かります。

「悪いな。こんな夜に」
「ん？　相手プロだろ？　西条ひとりじゃ勝っても仕返しがやっかいだからな」
　なるほど。武闘派の連携は経験に裏付けられています。
　さすがと言えばさすが。

「ところで手に入れたんだろうなぁ？　お守り」と、西条くん。
「ああ。まったく頼むにことかいて。命がけだったぞ。バカヤロー」
「さすがだなー。俺じゃとっても言い出せないぜ。どれどれ？」

財布からティッシュにつつまれた、さきほどの○毛を
手渡しますと、

「おおおおお！」
　現物確認。
「お前のじゃないだろうな？」
　安全確認。

「あ、当たり前だろ！」
　赤ベコのだけど‥‥‥‥‥。

　なのに、
「すげーーー。これが早苗さんの？」
「え??? い、いや‥‥‥‥‥」
　なんか勝手に誤解してます。西条くん。
　おかげで持ち主のことを言いそびれてしまいました。
　ま。いいや。名前が書いてるわけじゃなし。
　そんなに違いがあるわけでもなし。
　処女には違いない（だろう）し。

　が、当然、久保くんも反応。
「え！　早苗姉さんの？」

「あ〜〜〜〜。久保。お前にもやるよ。２つ‥‥２本あるから！」
「ホ、ホントにいいのか？　お前っていいヤツだな！」
　褒められると胸が痛みます。

「あ、ああ。うん。西条いわく、競馬に勝てるんだってさ」
　しみじみ観賞しながら西条くん。
「いやぁ〜〜〜〜。まさか孝昭に頼めないしよー」
　そりゃそうだろう‥‥‥‥‥。

「夕子ちゃんのもいいんだけど、井上とこれっきりになりそうだしな」
　いい判断です。それ以前に入手不可能です。

「しかし、早苗さんって、ほんとお前には甘いよな〜」
「ほんとほんと」
　いや‥‥‥‥‥。だからそれは‥‥‥‥‥。
　誤解が誤解を呼んでます。
　しかしこれは友情を裏切ることでは？

　良心の呵責(かしゃく)に耐えかねた僕は、とうとう、

「あのさー、西条」
　が、ほぼ時を同じくして西条くん。
「舐めちゃお♪」

「あ・・・・・・・・・・・・・・・・・・・・」

　なおさら言えなくなってしまいました・・・・・・・・・。

「よし！　これで勇気100倍！　ヤクザでもなんでもたたんでやるぜっ！」

　効果はあったようで、なによりです・・・・・・・・・。
　赤ベコだけど・・・・・・・・。

第25話《GS》市営グランドの決戦（3）

　いつの間に？
　入り口はヒロミはんたちが押さえていたはず。

　こいつがスケ番お蘭？　だっけ？

「なるほどー。とんだオテンバだねぇ。蝶」
「花！」
「似たようなもんだ」
　似てるか？　植物と昆虫。

　ウチがナンバー２と睨んだ女が声をかける。
　やはりそれなりの地位らしくスケ番ともタメ口だ。

「早苗〜。なんだい？　そのカッコ‥‥‥」
「キャロラインっ！」
「キャロ‥‥‥‥‥ライン‥‥‥‥‥。そうか‥‥‥‥‥また新しい名前考えたんだね‥‥‥？」

「ヒサコ、ご苦労だったね。アンタたちはもういいよ」
　ナンバー２は、ヒサコと言う名前らしい。
「**美佐子だよっ！**　いつになったら覚えるんだい？」
　ちがうらしい‥‥‥‥‥‥。

「あー、そうだった。ワリィワリィ。とにかくオマエらはすっこんでな」
「わかったよ‥‥‥‥‥‥。さな‥‥‥‥」

「キャロライン！」

「キャロ・・・・・・・・・ライン・・・・・・・・・」

　キャロラインって・・・・・・・・・なんだろ？

「ところで、お蝶」
「花！」
「あ。そうだった」
　自分の名前には厳しいが、人の名前は覚えないらしい。

「まったくねー。女の名前はみんな似たり寄ったりだからなー。女子校いるとやんなるよ」
　言い訳してるし。

「なに誤解してるか知らないが。悦子やったのはアタシらじゃないよ」
「なんでそないなことが言える！」
「アタシらじゃ、そんなもんじゃ済まないからさ」

　ゾッ・・・・・・・・・、とした。

それは負けた場合の自分にこそ言えることだからだ。

「ま。でも北女(ウチ)でそういうことがおきたってことは、誰であれ、アタシの責任だからね。それはいい」
「カッコつけんなや！」
「けど。手下がやられたとなりゃ話は別だ」
「フン･･･････」
「かかってきな。タイマン張ろうじゃないか」

　そう言ったとたんに、お蘭･･･････キャロラインの目つきが変わった。
　ウチは少し遅れをとった。

「どうした？　不良少女やりたいんだろ？　かかってきな！」
「そ。怪我(けが)しても知らないよ？　キャ、キャロライン」
　ああ･･･････言いにくいったら。
　キンタ以上や。

「おいで。お亀(かめ)」
「**花っっ!!**」

160

覚える気ゼロ・・・・・・・・・。

第26話《BS》市営グランドの決戦（3）

「え？　河野と千葉も来んの？」
「あたりまえだろう」
「つまり孝昭以外・・・・・・・・・？」
「孝昭は連絡したのに来ないって」
「なんで連絡すんだよっ！　ダメって言ったろ？」

「そうだよな。実の弟が姉の毛、うれしくないもんな」
　その問題ではなく・・・・・・・・・。

「いいよなぁー・・・・・・・・・姉のひろい放題・・・・・・・・・・・・」
　弟は、そうは思ってないと思うぞ？
　今度は久保くん。
「お前がヤーさんの人数言わねぇからだろ？　大集団だったら勝てねぇじゃん」

「いや。それが、人数わかんないんだよ」
「マジ？」
「マジ」

　ここで
「ふっふっふ」
　西条くん。自信たっぷりに不敵な笑い。

「そういう時のためになぁ。これを作って来た！」
　彼が胸ポッケから取り出したのが、
「か、肩たたき券？　母の日じゃないんだぞ？」
「ちがうちがう。よく見ろ」

「かたたたき‥‥‥‥あ！　ちがう！」

　よく見ると、途中に「き」の文字の割り込みマーク。

「そう！　それは、かたきたたき券！」
　馬鹿か？
　しかもどう見ても、母の日にしくじった肩たたき券の使い回し。

「これがどういう解決になるんだ？」
「おー。こういう依頼、けっこうありそうなんで作ってみたんだ。１枚につき１発、かたきをたたく券だ」
「なんだよ‥‥‥‥‥それ‥‥‥‥‥役にたつのか？」
「10枚なら10人、20枚なら20人、わたしがたたいてやる券だ！　どうだ！　何人いても大丈夫だろ？」
　うーん。「大丈夫」の根拠がまったくわからん。

　なのに、
「券は30枚つくってきたから。30人まで大丈夫だ」
　まぁ、そう本人が言っているんですから、ここはひとつ、
「わ、わかった。じゃ、それ使わせてもらうよ。か、かたきたたき券」
　僕が受け取ろうと手をのばすと、西条くんが券をひっこめます。

「え？　有料なのか？」
「あたりまえだろー。これで俺は億万長者への道を駆け上るのだ！」
「商売かよ‥‥‥‥‥。で、１枚いくらだ？」
「10円」

「よし！　30枚全部買うぞ。かたきたたき券」
「やった～～～～～！」

　喜んでますが、億万長者になるには東京都民全員分たおさなきゃいけない、というのをわかってるんでしょうか？　西条くん。
　それにしても友人の足下を見て金とるなんざぁ、とんでもないヤツ！

「あ。でも相手15人しかいないかも知れないから、半分返す」
「ああ。余分な分まで買わなくっていいぞ」
「じゃ、150円返してくれよな。これで15人」
「これで15人だ。150円返す」
「そいじゃ、こっちの券は今使うから。これでもう15人」
「もう15人な」
「合計で何人だ？」

「30人」
「ん。じゃ、30人たのむわ」
「おう！　まかせとけ！」

「ところで、今やった15枚ぶん、150円は？」
「あ。そうだな。もう150円返してと‥‥‥‥‥」
「そうそう」

「あれ？　手元に１銭も残ってないんだけど？」
「券受け取ったんだからあたりまえだろ？　それを売ればいくらになる？」
「300円」
「つまりお前の手元には、300円ぶんの有価証券があるってことだ。有価証券は金と同じだ」

「あ。そうか。これで300円の価値があるんだよな？」
「そう。お前の手元に300円。僕の手元には０円。合計で？」
「300円」

「30人で300円。ほら。おかしくない」
「あ、そうか！」

「じゃ、がんばって30人ぶんたたいてこい！」
「おう！　まかせとけ！」
　西条くん。億万長者への道のりは遠い。

「それにしても河野たち遅いなぁ」
「さっさと行かないと早苗さんやられちゃうぞ。行こ！」
「あ！」
「なんだよ。まだなんかあるのか？」

「河野にはお守りのこと話しちゃったんだ」
「え～～～～～？」

「だって一緒に競馬行くことになってたからよー」
「聞いてないぞ！」

「じゃ、久保。お前のよこせよ！」
「え！　冗談じゃねぇ。絶対やるもんか。お前のやれや！　西条」
　赤ベコちゃんと知らず仲間割れ。

「う～～～～～ん」
　西条くん。考え込みまして、
「しかたないや」

「こらこら！　なにズボンに手ぇつっこんでる!?」
「え。だから河野には俺のやるから」

「え〜〜〜〜〜！　お前のって、お前の？」
「おう。ギミックだ！」
　いや･･･････････いくらなんでもお前のって･･･････････。

「こうやって丁寧につつめば区別つかねぇって！」
　そう言いながらティッシュにつつむと、
「ほら！　ソックリだ！」
　おおおおお。
　ほんとにソックリだ。ティッシュだから。

「わははは。河野、俺のとも知らず大切にするぞ」

　こうして根底では騙し合いの僕たち。
　ギミックの友情。

「ほんとソックリだなぁ。で、お前のはどっちだ？」
「はい？」
　本人もわかんなくなるほどソックリです。

第27話 《BS》市営グランドの決戦（4）

「くそ～～～～。どっちが早苗姉さんのかわかんなくなった‥‥‥‥」
　それはお前がバカだからだ。
　でも「当たり」でも、赤ベコですけどね。

　が。西条くん、なにがしか思いついたようで、
「そうだ。久保のと比べてみりゃいいんだ！」
　そうかなぁ‥‥‥‥‥。

「久保。お前の見せろ」
「ああ、ちょっとだけだぞ」
　すると西条くん、いきなり久保くんの財布ごと奪い取ると、３つのティッシュをごっちゃごっちゃにしてしまいました。

「あ～～～～～～～～～！　西条の馬鹿！」
「わはははははぁ。久保だけにいい思いさせるか！　ババ抜きだ！　ババ抜き！」

「げ～～～～！　このうちひとつが西条の？」
　そういうことです。
「どーれだ？」
　楽しそうなゲームです。
　１つが西条の。２つが赤ベコちゃん。実は全部ババ。

「これも河野たちが遅いのが悪い！」
「これ以上待ってられねぇや。行くぞ」

　市営グランドまわりからは、すでになにやら声が聞こえていました。
「もう始まってる！　急げ！」
「待て待て。ヤーさん相手だからな。変装しないとお礼参り怖いぞ？」
　そう言って西条くんが渡したのが、
「こ、これ、ストッキング？」
「おお。かぶれ」
「かぶれって‥‥‥‥、誰の？」

「母ちゃんの」

やっぱし‥‥‥‥。
　短さといい、オバさんストッキング。

「夕子ちゃんのと思ってかぶれ！」
「無茶言うな‥‥‥‥」
　しかも伝線してるし‥‥‥‥。

　しかし、西条くんの言う通り贅沢は言っていられません。
　こうしてストッキングをかぶった見るからに怪しい高校生。まるで銀行強盗です。

　ぐるりと市営グランドまわりを回ると、入り口付近で、フェンスの後ろに隠れてグランドを覗くあやしい人影。

「アイツら‥‥‥‥３人がヤクザ‥‥‥‥かな？」
「ルックスからすると‥‥‥‥。けど、なんで隠れてんだ？」
「さぁ‥‥‥‥？」
　３人はどう見ても、身を潜めている状態に見えます。

「聞いてみるわ」
　いや。西条。聞くって‥‥‥‥‥。

「なんか見えるのか？」
　聞いちゃいました‥‥‥‥‥。

　するとヤクザのひとりが、
「え？　姉御が今、スカート脱いだんだよ」
　ヒソヒソと答えました。

「え！　スカート脱いだ？　あ！　ホントだ！」
　暗がりの中、グランドの向こう側で、なぜか下半身スリップ姿で駆け回る女性。

「だろ？　だから静かにしろよな」
「うん。静かにする」
　いや。静かにしちゃダメだろ、西条。
「もうちょっとこっち走って来ないかなぁ〜〜〜。姉御」
「うん。せめてあと10mな〜」
「５ｍでもいい‥‥‥‥‥」
　意気投合。

「こら！　押すんじゃねぇ！」
「だってこっち、木が邪魔で見えねぇんだよ。少しつめてくれよ」
「ったく。しょうがねぇなぁ」
　久保くんの分もつめる親切なヤクザ。

「おお！　キックだ！　足上がった！」
「お！　ベージュか!?」
「え？　色確認できた？」
「おお。俺はこういう視力はいいんだ」
「スゲェなぁ‥‥‥‥って、お前。へんなストッキングかぶってっから、その色に見えんじゃねぇのか？」
「あ、そうか」

「「「あはははははは」」」
「「「わはははははは」」」

「ところでお前ら、誰？」

**交戦開始!
行け! かたきたたき券!**

第28話《GS》市営グランドの決戦(4)

「どうした? おじけづいたのかい?」
 このときお蘭‥‥‥‥キャロラインは、仲間になんらかの合図を送った。
 タイマンは、表向きか?

 となると時間はない。

 10m先のお蘭は、隙(すき)だらけや。
 しかもパンプス。
 勝機は速度にある。

「お蘭! 覚悟しい!」
 ウチは、お蘭めがけて走った。

 が、

「あ‥‥‥‥！」

　足になにかがひっかかり、
　ウチは受け身が間に合わないほど見事に転んだ。

「痛っ‥‥‥‥！」
　転んだまま前を向くと、あちこちの草が縛られている。

　罠(わな)？

　足には鈍痛が走る。
　捻挫(ねんざ)した？

　しもた！
　こんな単純な罠にひっかかるなんて‥‥‥‥。

　ウチは油断していた。
　大スケ番たる者が、こんな罠をしかけるなどとは、皆目思っていなかったのだ。

　その罠のすぐ前にお蘭の足が見えた。

木刀が振り下ろされる！

やられる！

ウチは咄嗟に身をひるがえしたが、

バシ！

「く‥‥‥‥‥‥‥」

木刀はひるがえした顔の真ん前に突きささっていた。

動きを‥‥‥‥読まれた？

その瞬間に手下たちが、ウチを押さえつけていた。

「き、汚いやないか！　お蘭！」
「はぁ？　汚いだぁ？」

お蘭はさげすむように笑うと、
「ケンカは武道とは違うんだ！　負けちゃ意味がねぇんだよ！」
「ぐ‥‥‥‥‥‥‥‥‥」
　さすがに６人に押さえつけられてはまな板の上の鯉だった。

　ヒロミはんたちは‥‥‥‥??

「さて。このおテンバ、どうしたもんかね‥‥‥‥」

　お蘭がウチの顎をおさえて顔を上げさせた。
　ウチがそれを拒むと、今度は背中に乗った女が、髪をひっぱって無理矢理頭を引き上げる。

　その屈辱感。敗北感。

「このまんま裸にひんむいて、族にでも渡そうか。え？　やつらぁ喜ぶぜぇ？」
「な‥‥‥‥‥‥‥！」
　ウチは、情景を想像して、生まれて初めての恐怖を覚えた。

手下たちが下品に笑う。

　ところが、
　お蘭は諭すように言った。

「花ぁ。あたしらそういう世界にいるんだ。アンタのようなお嬢様が見よう見まねでするこっちゃないんだよ」
　このとき、お蘭はウチを「お嬢様」と呼んだ。
　ウチは、関西から来たこと以外、誰にも過去を話していない。
　なんで？

「女は男とちがって集団にゃ不向きだ。それでもアタシらが群れる理由はねぇ。女はそういう危険と常に背中合わせだからさ」
「‥‥‥‥‥‥‥‥」
「ツッぱって生きるには男に媚びるか、どっちかしかない。無駄に群れてるわけじゃねぇんだ」
「たとえ草にひっかかって負けてもね。常に覚悟しなくっちゃなんない。だから負けるわけにはいかないのさ。お前に体張るカクゴはあんのかい？」

ウチは覚悟の意味がわかった。
　わかったからこそ、答えられんかった。

「どんな優等生にも、グレたくなるようなことはある。けど、グレたらなにやってもいいってもんじゃないよ」
　不良の頂点にいる女の言葉は、説得力があった。
「よっく考えるこったね。お前も１年半すりゃ卒業‥‥‥‥。あたしが言うこっちゃぁないが‥‥‥‥」

「‥‥‥‥高校時代ってのは２度ないからな」

　お蘭の合図で、手下はウチを押さえ込むのをやめた。
　ウチは自由になったが、そのままでお蘭の話を聞いていた。

「それから、お前。悦子のこともそうだが‥‥‥‥」
　お蘭は意外なことを言い出した。
「お前、早とちりが激しいみたいだからな。親父(おやじ)のことも、一度話聞いてみたらどうだ？」
　父‥‥‥‥？

「な、なんでそれを‥‥‥‥！」
「アタシのガッコでこれだけ目立つ転校生が来れば調べもするさ」
「！」

「あんた。お竜の姪なんだってねぇ？」
　ウチは驚きで声が出なかった。
「お、お竜？」
　手下たちはもっと驚いているようだったけど。

　それほどに妙子叔母さんの名は轟いていたということだろう。

　それを対等に呼び捨てするお蘭もすごい。
　絶対的自信があるのだ。

「悦子のケジメはアタシがつけてやる。もう虚勢はるのはやめるこったな」

「誰？　誰が悦ちゃんを？」
「さぁ‥‥‥‥。ま、手口からして。右京かねぇ‥‥‥

‥」

「右京？　って？」
「アンタは知らなくっていいやつさ。クズだからな」

「‥‥‥‥‥‥‥‥」

「負け犬が吠(ほ)えるんじゃないよ！　いいかい？　この件に首つっこんだら、今度こそただじゃおかないからね！」

　ウチは。
　泣き崩れそうになるのを必死にこらえていた。

　そうだ！　ヒロミはんたち!?
　なにかあった？

　と、思ったら

「スリップおんな～～～～～～～～！」
「馬鹿！　目的ちがうだろ!?」
「今はスリップ女だっ！」

男の声?
こっちに向かって一目散に近づいて来る!

「???」

スリップ女?
そうだった! スカート!

ウチに新たな恐怖が走った。

第29話《BS》市営グランドの決戦(5)

ついさっきまで「覗き」で意気投合していた西条くんとヤクザでしたが、
「テメェらぁ! 最初っから怪しいと思ってたぜ!」

ウソつけ・・・・・・・・・。
久保のぶんまで場所つめてたくせに。
だいたいストッキングかぶってんだから怪しいに決ま

ってます。

　しかし、さすがにプロ。
「スケ番の助っ人か？」「痛い目みないうちにとっとと帰んな！」
　スゴまれると迫力がちがいます。

　が。ちがいは迫力だけでした。

　構えた西条くんを見てヤクザ３人。
「ありゃ？　こいつ、アニキと構えそっくりだな…………」
「ホントだ。なんでだ？」
「ものすごくいやな予感がする…………」
　予感的中。

　相手がひるんだとみるや西条くん、
「セィヤ!!!」
　ひとりはこめかみ
　ひとりは鼻の上
　ひとりは足の関節
「瞬殺西条」の急所狙いは正確無比！

それはあまりにも速く、僕も久保くんも構えさえしないうちに相手を地面に落としていました。

「イテテテテテ‥‥‥‥‥」
「い、痛ぇ目に遭わないうちに‥‥‥‥‥」
　自分らが痛い目に遭ってて、なに強がってるんでしょう。

「よし！　スリップ女！」
　どうやら、このために早くかたづけた模様。
　駆け出す西条くん。僕らも追いかけて一目散に早苗さんたちのいるグランドへ！

「スリップおんな〜〜〜〜〜〜〜〜〜！」
「バカ！　目的ちがうだろ!?」
「今はスリップ女だっ！」
　ところが！

「待てーーーーーーー！」
「げ！　さっきのチンピラ！」
　のびてたくせに「スリップ女」に反応した？

第24章　花ちゃん外伝　マスカレード　　　183

「根性あるなーーー」
「テメェらに先に見せてたまるかーーー！」
「そうだそうだ！　姉御のスリップ！」
　敵も目的がちがう‥‥‥‥‥。
　なんか徒競走みたいになってますが、

「それ以上、こっち来たらただじゃおかないよ！」

　さな‥‥‥‥‥キャロラインが敵の女子高生の前に立ちはだかりました。

「くそ‥‥‥‥‥気づかれた‥‥‥‥‥！」
　あれだけ騒ぎながら走れば気づかれます。

　が、

「ありゃ？　孝昭の姉ちゃんが勝ったんだ？」
　意外そうに言う西条くん。

「え？　どうして？」
「いや。少なくとも相打ちに持ち込んでるかと思ったんだけどなー。あのスリップ女」

「早苗さんとか？」
「うん。あの女の動きはタダもんじゃねぇって」
　西条はそう読んでたのか？

「ま。場数かな・・・・・・・・・」

　そう聞けばなおさら心配です。
「さな・・・・・・・・キャロラインーーー！　大丈夫ですかーーーーー？」
　暗がりに向かって叫ぶと、
「お！　その声はフランシスかーーーー？　なんで来たーーーー？」

　フランシス・・・・・・・・・・。
　どうでもいいけど、後ろのチンピラが吹き出してんですけど・・・・・・・・・。

　試してみました。
「キャサリンが心配になってーーーーーー！」
「キャロラインだーーー！　間違えんじゃねーー！
バカヤローーー！」
　やっぱり自分が間違えられるのは許せないらしい・・・・

第24章　花ちゃん外伝　マスカレード　　　185

……。

「とにかくこっち来るんじゃねー！　1歩でも前出たら、殺すからねーーーー！」

　すると今度はヤクザが、
「姉御ーーー！　大丈夫ですかーーーー？」
　敵の女子高生に声をかけました。

「ウチは大丈夫ーーーー！　お願いやからこっち来ないでーーーー！」
「いえ！　今すぐそっち行きやす！」
　さすがヤクザ。僕たち高校生とは年季がちがいます。スケベの。

　キャロライン、
「西条ーーーーー！　そこいるんだろーーーー？」
「はい〜〜〜〜〜〜」
「そこののしとけーーーーー！」
「はいはい〜〜〜〜〜〜」

　再びカタキタタキ券。

「あ。そうだ」
「ん？　なんだ？　西条」
「３人だから、270円返さなくっちゃな」
　大赤字。

第30話《GS》エッセンス（1）

「そしたらねぇ。ウチを守ってくれたんや。お蘭さんが」
「へぇーー。それでスケ番グループに？」
「ううん。ウチは、悦ちゃんの敵(かたき)とりたいから入れてっててたのんだんだけどね」
「うん」
「そんときは断られよった。そのずっと後やね。けっこう無理矢理」
「はは。それどころか跡目ついでるじゃない？」
「うん。だって、素敵やったんやもん」

　‥‥‥‥キャロライン。

―――――――1975年

　負けたのがキッカケというわけでもなかったが、ウチは、父の相手の女性と、もう一度会ってみようと決心した。
　妙子叔母さんから、父がその女性との再婚を白紙にした、と聞いたから。それがもし、ウチのせいやったら、後味が悪い。
　元々はそれが狙いであったはずなのだが。

　その女性は、驚いたことに、小さな町工場で働いていた。

「あら‥‥‥‥‥あなたは‥‥‥‥‥確か斎藤さんの‥‥‥‥‥」
「こんにちは‥‥‥‥‥」
　作業服を着たその女性は、あのときの気品ある対応とは、すぐには結びつかなかった。

「もう少しで工場終わるから。待っててくださる？」
「ええ」
　そう返事したウチやったが、来たことを悔やんでいた。

誰にだって見られたくない姿はあろうものを。

　終業後、工場から出て来た女性は、すぐそばだから、と、家に招いてくれた。

　それは古びた県営住宅の一室。
　ところどころ錆(さ)びた鉄の扉が、経済的に父とはまったく関係ないことを物語っている。

　女性は、その扉を開くと、
「どうぞ？　狭いとこだけど‥‥‥‥‥」
ウチを中に通してくれた。
「失礼します‥‥‥‥‥」

　小さなちゃぶ台。
　一人暮らしの女性の部屋は、こぎれいに片付いていて、なにもない。

　そこに小さな小さな仏壇があり、男性の写真。
「あ‥‥‥‥‥。気づいた？　主人だった人なの」
「亡くなられたんどすか‥‥‥‥‥」
「ええ‥‥‥‥‥」

つまりは。父と同じ立場‥‥‥‥‥。

「あの‥‥‥‥‥お子さんは？」
「いないの。結婚後、早くに他界したから‥‥‥‥‥」
「かんにん‥‥‥。余計なことを‥‥‥‥‥」

「ううん‥‥‥‥‥。その時はね、私も死のうとまで思ったけど‥‥‥‥‥」
　遺影を見ながら女性が言った。

「‥‥‥‥‥」

「それを止めてくれたのが、あなたのお父様だったの」
　父が？
　ウチは、その時の話を聞かないほうがいいと思った。
　女性も、詳細について話そうとはしなかった。

「あなた、花ちゃんよね？」
「はい‥‥‥‥‥」
「なにしに来たかわかるわ。どうしてあなたのお父さんと結婚するのをやめたか、でしょう？」
　気まずい空気が流れたが、それはウチの側だけだった

ように思う。
　女性は、早くから独りで生きてきただけに、見かけよりずっと気丈なようだった。

「ええ‥‥‥‥‥。ウチが‥‥‥‥‥もどったからですか？」
　女性は一息おくと、
「そうね‥‥‥‥‥。たぶん、お父様は、娘さんを、あなたを選んだの」
「‥‥‥‥‥‥‥‥」
「私もそのほうがいいって言ったの」
「え‥‥‥‥‥‥‥」

「私があなたの立場だったらいやだもの。女の子ですものね‥‥‥‥‥」
「‥‥‥‥‥‥」

「お父様はね。あなたとは一生、一緒に暮らせないものと思ってみたい。それは断腸の思いだったと思うわ」
「そうでしょうか？」
「ええ。私といてもね。あなたたちの話ばかりだったから‥‥‥‥‥」

「‥‥‥‥‥‥」

「親子はね。一緒に住むのが一番なのよ‥‥‥‥‥」
　大伯母と同じことを言った。
　すでにわかっていたことだったが、悪い人ではない。
　だとすれば、今までウチはなにをやっていたのだろう？

　そこまで話して女性は、

「あ。ごめんなさい‥‥‥‥‥。お茶うけも出さないで‥‥‥‥‥私ったら‥‥‥‥‥」

　そう言うと台所へと立った。
「あ。おかまいなく」
「ううん。めったにお客様なんかこないから。用意がなくって‥‥‥‥‥。お腹(なか)すかない？」
「いえ、食べて来ました」
　と言った横で、お腹が鳴った‥‥‥。

「ウフフフ。夕食時ですものね」
　そう言って女性は、なにかを作り始めた。

卵焼き??

　出されたのは、やはり厚焼きの卵焼きやった。

「ごめんなさいね‥‥‥‥‥。冷蔵庫見たら卵しかなくって‥‥‥‥‥」
　ウチは首を横にふった。
「いえ、突然来たのはウチやし‥‥‥‥」

「どうぞ、召し上がれ」
「はい‥‥‥‥‥」
　ウチはそれを一口食べたとたん、
　涙がボロボロとこぼれ始めた。

「‥‥‥‥‥どうなさったの？」

「これ‥‥‥‥‥」

「おいしいでしょ？　お父様が教えてくださったの。生クリームを入れるとふんわりできるって」

生クリーム！

「‥‥‥‥これ‥‥‥‥お母さんの‥‥‥‥」

「‥‥‥‥お母さんの卵焼き‥‥‥‥‥‥‥」

「え？」

　それは、ウチに十数年の年月を遡らせた。

「‥‥‥‥動物園‥‥‥‥行ったとき‥‥‥‥つくって‥‥‥‥」
　ウチはそれ以上、まともに話すことさえできなかった。
「お母さん‥‥‥‥キリンさん‥‥‥‥見えるとこで‥‥‥‥」
「ウチ‥‥‥‥キリンさん‥‥‥‥卵焼きと同じ色ね‥‥‥‥って‥‥‥‥」

そうだ。
母は、料理がとびっきりうまかった。
菓子屋の娘なのだから、当然と言えば当然だったが、
特に卵焼きは絶品だった。

フランスには、日本の調味料がなくって。
作り方を何度も聞いたけど、ウチは小さかったから。

『花が大きくなったらね！』

　そう。
　思い出した。
　母の最後の言葉。
　オムレツしか覚えてなかったけど。
　母は、卵焼きの作り方を、最後に教えたのだ。

『花。オムレツは、生クリームを入れて作るのよ』

「・・・・・・・・・・・・・・・・・・・・お母さん・・・・・・・・」

ずっと。

　ウチは恥も外聞もなく、わーわーと声をあげて泣いた。
　女性は、そんなウチの肩を、そっと抱きしめて、とんとんと叩いた。

「長い間、つらかったでしょうね‥‥‥‥‥」

「‥‥‥‥‥ウン‥‥‥‥‥‥‥」

　ずっと。
　ずっと。

「お願いがあるの‥‥‥‥‥」

「なぁに？　花ちゃん」

「お父さんを‥‥‥‥幸せにしてあげてください」

「お母さんのぶんまで‥‥‥‥」

第31話 《GS》エッセンス（2）

「それでお父さんはご再婚を？」
「うん。その年の年末やった」

「一緒に暮らしたの？　その‥‥‥新しいお母さんと？」
「ううん。ウチは卒業まで妙子叔母さんのとこに住むことにした。新婚さんの邪魔しちゃ悪いやろ？」
「妙子叔母さんって‥‥‥ケンちゃんのとこだよね？」
「そう。もう住み込みでバイトしてたから。実は」

「よくバレなかったねー。スケ番やってるって」
「代々変装がうまいのよ。北女のスケ番は」

「あははは。確かに！」

「ウチも姐さんの弟がいたのはビックリしたわ」
「ははは。孝昭？」
「うん。西条並なんでしょ？ 姉弟喧嘩見てみたかった」
「あ。勝負にならないよ」
「そうよね‥‥‥。男と女やもんね‥‥‥‥」

「いや。姉のほうが強すぎて」

「は？」

「森田。話はそれくらいにしてくれよ」
「あ。ごめん。あんまり花ちゃんの話おもしろくって」
「そっかぁ。お前。いなかったからなぁ」
「うん。惜しかった～」

「おもしろかったぜー。井上は‥‥‥かっこよすぎた

かな」
「まぁ‥‥‥‥アイツは‥‥‥‥もともとかっこよすぎだよ。うん」

「だよね。とにかく司会の身にもなってくれよ」
「悪い悪い」

「では、みなさん。二次会を始めまーーーす」
　大きな拍手がおきました。

　本日のメインキャスト、花ちゃんは。
　スポットライトに照らされて。
　再び僕たちの前に現れました。

「井上夫妻、入場です！　大きな拍手でお迎えください！」

「新婦、今のお気持ちをひとことどうぞ！」

みんなが静まる中。
花ちゃんは‥‥‥‥

「あ・てんしょんぷり〜〜〜ず♪」

心霊研究会の
怪談大会

1.『チャーリーの哀しい怪談』

『心霊研究会』では、キャンプをよく行いますが、
『心霊研究会』だけあり、夜には決まって怪談。

　チャーリーは一番の「恐がり」なのですが、
「恐がり」だけあり、自分で話すのはヘタクソで、いつもみんなの笑い者。

「よし！　じゃ、誰からいく？」
　と、リーダー西条くん。
「そうだなー、じゃ、今夜はー……」

「おまえだーーーーーーー!!!」

「いや……チャーリー………」「いきなり『おまえだ』とか叫ばれても……」
「そんなのいきなり言ったら、本番で使えなくなるぞ？」

「あっ！」

　このありさまです‥‥‥‥。
　どうやらチャーリー。今夜のために「**おまえだーーー!!!**」を何度も練習してきたらしい。
　思わぬところで、練習の成果が出てしまったのでした‥‥‥。

　それでもイベントはやめません。

最初に蠟燭を42本立てて、
全部が消えるまで怪談を続けます。

順番で話していくうち、

ロウソクが１本消え、

‥‥‥‥２本消え

‥‥‥‥３本消え

いよいよ、残り１本となり、

　チャーリーの番。
「いいか‥‥‥おまえら、ションベン行っとけよ？今日はとびっきりの準備してきたからよ」
「ああ。さっさと話せよ、チャーリー」

　ところが、途中で千葉くんが、
「あ。コーラなくなった。飲み物当番だれだっけ？」
「おまえだーーーーーーーー!!!　‥‥‥あ！」

「だからさぁ、チャーリー‥‥‥」
「そこで言っちゃダメなんだって‥‥‥」
　ってか、まだ使うつもりでいたのか‥‥‥（哀）。

2.『姉とか妹とか』

　次の怪談は、孝昭くんの番です。
「俺か？」
「おお。さっさと話せよ、孝昭」
「少し長いけど、いいか？」
「ああ」「もちろんだ」
　期待が持てそうです。

「あれは去年だったかな……。姉ちゃんが『フランダースの犬』観てた時によ……」

「こえ～～～～～!!」「おっかね～～～～～!!」
「いや、まだ始まってねーんだけど………」
　わずか数秒で、全員をふるえあがらせました……。

　＊＊＊＊＊＊＊＊＊

　そして次はグレート井上くん！

「次、井上！」
「よし」

「しっ！　みんな黙れ！」「あ？　おお！」
　井上くんは秀才らしく、
「質量保存の法則」にも「エネルギー保存の法則」にも
反しないミステリアスな話を、実にうまくしゃべるので、
期待大です。

「‥‥‥‥これはさ。妹が部屋にいたときの話なんだけ
ど‥‥‥」
「夕子ちゃんが？」「どんなカッコで？」
「‥‥‥よ、夜だったからパジャマだ」

おおおおおおおおお♪

「ななな、それって半袖(はんそで)？」「半袖？」「半袖か？」
「‥‥‥な、夏だから半袖、だったかな？」

おおおおおおおおお♪

「何色？」「ピンク？」「イエロー？」

「い‥‥‥妹のは‥‥‥薄い‥‥‥‥ピンク色」

おおおおおおおおおおお♪

「お風呂入ったあと？」「風呂は？」
「お‥‥‥お風呂は〜〜‥‥‥‥‥‥‥‥」

　いつまでたっても、本題の怪談は始まらないのでした‥‥‥‥。
　キャンプ恒例行事『怪談夜話』は、このようにして雑音イッパイで、あまり怖くなく進むのですが、

「次は誰だ？」
「次は俺！」
　久保くんです。
　久保くんは、しゃべりはヘタクソでも情報通ですので、その信憑性が売り！

「あれはよ。ほら、みんなで殺人750、追っかけたことあったろ？」
「ああ、あった」「チャーリーの」
「そん時によ‥‥‥‥うちの小屋でな」

「豚が出たんですか〜?」
「そう。タカギのやつがよ‥‥‥って、ちがうわ! バカヤロウ!」
「じゃ〜、ヤギ。ヤギの幽霊」
「いや‥‥‥ヤギってよ‥‥‥」

「ヤギの幽霊の話がいいです〜〜〜〜。ヤギがいいです〜〜〜〜」
「童話じゃねぇんだ! そうじゃなくってな‥‥‥小屋の裏からよ、声がすんだ」

「うらメェ〜〜〜〜〜〜〜〜、しや?」
「ぶっ殺すっ!」

「わ〜〜〜〜〜! なにするですか〜〜〜〜〜!」

　そう。ジェミーには「怖いものがない」ので、今年は輪をかけてだいなしのでした‥‥‥。

「久保もダメだったなぁ〜」
「俺のせいにすんなっ!」

「ダメダメでしたね～～～」
「今、ここでテメェを幽霊にしてやるっ!」
「わ～～～～～!　なにするですか～～～～～!」
　怪談というよりは漫才大会です。

　今年、一番に恐ろしかったのは‥‥‥‥
　そう。実は、僕です。

「じゃ、いい?　話すよ?」
「おお!　期待してっからな!」「コイツの去年も怖かったからな～」
「口がうまいヤツはちがうよな!」
「それって褒めてる?」
「褒めてる褒めてる～」「ぜったい褒めてる～」
　とてもそうとは思えませんが。

　いいですか?　怪談にも「怖くなる」コツがあるのです。

「あのさ‥‥‥‥。僕の地域をまわってる郵便屋さんがいるんだけどね‥‥‥」

「ああ」「おお」「俺んちと同じ人だ」
「そうそう、久保んちも同じ人がまわってたよね」
　怪談のコツ１。それは、まず「身近」であること。

「その人は、きっちりした人でさ。ほぼ定時にきてたんだよ」
「おお」「うん‥‥‥」「ゴク‥‥‥‥」
「郵便屋さんのバイクって言うのは、普通の原付に見えて、実はちがうって知ってた？」（←本当）

　怪談のコツ２。普通の人の知らない知識をちょっと挟むこと。
（そうすると話の信頼性が自動的に上がる、という心理作用）

「転んで配達できないとか困るわけだろ？　だから、ハンドルの部分とかにガードがついているんだけどさ‥‥‥」
「うん、そのバイクが？」「どうかしたか？」
「ほら。みんなで駐在さんの自転車に補助輪つけたことあったじゃない？」
「あ～～～！　あったあった！」「あったなぁ！」

「あの日の夜にさ‥‥‥‥。夜なのに、郵便屋さんのバイクが道路っぱたに停まってたんだよ‥‥‥‥」

　ゴク‥‥‥‥‥‥‥

と、みんながツバを飲んだ、その時でした。

「あ！」

「な、なんだよ！　井上〜！」「いきなりおっきい声出すなよ」
「いや。思い出した」
「なにを‥‥‥‥？」「だ‥‥‥‥？」

「さっきの夕子のパジャマって、コイツの誕生日プレゼントだった！」

「パジャマぁ〜〜〜〜〜〜〜〜〜〜〜???」

　いや‥‥‥井上‥‥‥‥
　なんだってこのタイミングで‥‥‥‥

「マジ？」「マジかよ？」「夕子ちゃんの？」「パジャマ？」

「い、いや。あれは‥‥‥‥その‥‥‥‥‥」

「テメェェ‥‥‥やっていいことと悪いことがあるぞ!?」

「いや‥‥‥誕生日に、夕子ちゃんになにがいい、って聞いたら、パジャマ、って言うから‥‥‥」
「だからって生娘にパジャマなんぞ贈るか!?」
「信じらんねぇヤツだ！」

「それも親友の妹にだ！」

　煽(あお)るなよ‥‥‥井上‥‥‥‥親友なら‥‥‥‥

「テメェ〜〜〜〜〜〜！」「ぶっころしてやるぅ！」

「いや‥‥‥みんな、冷静に、な？　な？」

「天誅(てんちゅう)ーーーーーーーー!!!」

心霊研究会の怪談大会　　213

「うわ～～～～～～～～～～～～～～！」

　そう。この日、一番に怖かったのは、
どの怪談よりも、この瞬間でした‥‥‥

　僕にとって。

3.『怪談大会クライマックス！』

　次は河野会長。

　河野会長、自分が「生徒会長になった」と親に言うほどのウソツキですから、怪談にも信憑性がありません。
「あのな‥‥‥俺んちの後ろに神社があんだけどよ‥‥‥‥」
「河野んちの後ろってグランドじゃん」「神社ねぇじゃん」

「え‥‥‥‥‥！　じゃ、じゃーー横！　横だ！

横にする!」
「いや‥‥‥横にするって‥‥‥」「今から神社だけ場所移転されても‥‥‥‥」
　冒頭でウソがバレてしまいまして、終了。

　ああ‥‥‥‥泣けてくる。

　しかも次が、今年初参加のジェミーです。
　期待度はかなり低いものになります。

「去年、先輩たちと神社行ったじゃないですか〜」
「ああ」「竜ヶ崎神社な」「なんかあったのか?」

「あの後、姫沼で花火しましたよね〜」
「ああ」「ドラゴン大会な」

「あれが一番楽しかったです〜〜〜〜〜〜〜〜」

「‥‥‥‥‥‥‥‥え?」「‥‥‥‥‥‥それだけ?」
「そうですけど?」

「夏の思い出発表してんじゃねーんだよっ!!!」

　ジェミーは趣旨さえ理解していませんでした‥‥‥‥。

　そう。ジェミーは、自分を中心に地球がまわっていますから、
　　幽霊なんか怖くないのです。

「えええ？　なにが怖いんですか〜？」

　会の「趣旨」説明をこころみる久保くん。
「たとえばよ。そこの空中に、落ち武者の首だけ浮いてたらどうだ？」

「首だけがですか!?」
「そう。そのあたりに、フワ〜〜〜、っとよ‥‥‥‥‥」

「気の毒だなぁって思いますぅ〜〜〜」
「気の毒って‥‥‥‥首だけだぞ？」

「だって、首だけなんて不自由じゃないですか〜〜〜〜

〜」
「そりゃ……そうだろうけどよ………」
　説得されてどうする？

「その場合、ウンコはどこから出るんですかね？」
「いや………ウンコって………霊はウンコしないんだ」
「じゃ、久保先輩のほうが上ですね！」

「え？　あ、ま、まぁな。へへへ」

　褒められてないぞ。久保。
　褒めてるとしてもウンコだぞ。

4.『不在者』

　こうして、これといった「恐怖」もなく、
　　無事（？）に終えた怪談大会に思えたのですが……

「あれ？」

「千葉がいない」
「ホントだ！」

　あんなに大きいのに、気づかなかったというのもすごい話です。

「いや‥‥‥‥チャーリーの『おまえだーーー！』の時はいたぞ？」
「そ‥‥‥‥そうだよな‥‥‥‥‥」

「いや、そもそも、千葉、今日は来てないんじゃなかったっけ？」
「じゃ、あの時、見えた千葉は？」

　ゾワ〜〜〜〜〜〜〜

が。
　大騒ぎした割合に、テントの中にいた千葉くんをなんなく発見。

「なんだよ〜。いるじゃねぇか」
「誰だ、千葉、来てないとか言ったヤツは〜」
　チャーリーです‥‥‥‥。

「どうしたんだよ？　千葉」
　すると千葉くん、
「いや〜‥‥‥‥久保の怪談がおっかなくって〜‥‥‥‥
‥‥‥」

「久保の怪談って‥‥‥‥」
「ヤギの幽霊の？」

　そう。
　ジェミーのチャチャがやたら入って、
　　久保くんの怪談は『ヤギの幽霊』として完結してしま
ったのですが‥‥‥

「どこが‥‥‥おっかなかった？」
「さぁあ？」
「わからん‥‥‥‥」

これに千葉くん、

「いやぁ、幽霊ってことは、ヤギは死んだわけだろ？」

「そりゃぁ‥‥‥」「まぁ‥‥‥‥」「そうだ‥‥‥‥」

　やさしすぎる千葉くんには、ヤギの怪談は、こたえていたのでした‥‥‥‥。
　きっと、みんなに涙を見られたくなかったのでしょう。

　ということで、今年のチャンピオンは、

「久保の『ヤギの幽霊』に決定〜〜〜〜！」

「あんまりうれしくねぇ‥‥‥‥」

シリーズ河野
『俺のつらい過去』

その1『ペア』

　小学校の時、運動会で女子とペアでやる競技があって、俺の相手に決まった女子に泣かれた。

　先生は、その子に、
「すぐに終わるから。ね？　ね？」と、慰めていたが、

　子供ごころに、
「先生、それはなにかがちがう」と思った。

　それでも泣き止まないので、困った先生が、

「誰か河野くんでもいい人〜〜〜？」

　やっぱり「なにかちがう‥‥‥」と、思った。

その2『さらしもの1』

　小学校3年のとき、スカートめくりが流行(はや)って、

　自慢じゃないが、俺はスカートめくりのチャンピヨン（誤字ではない）だった。

　先生が怒って、
　帰りの会の時に、スカートめくりした男子にスカートをはかせて、みんなの前にさらした。

　‥‥‥‥俺の中で、なにかが目覚めた気がした。

　俺のはかせられたスカートは、俺がめくったクラスNo.1に可愛(かわい)い子のものだった。

「そうして、そこにしばらく立ってなさい！」

しばらく立ってた。

その3『さらしもの2』

　スカートめくりチャンピヨン（誤字ではない）だった俺は、相手を選ばなかった。

　と言うか、スカートめくりなんてのは、もともと気に入った子にするものだ。

　ある日、俺はとうとう孝昭の姉ちゃんのスカートをめくることに成功した！

　その日の帰りは、パンツ１丁で下校させられることになった‥‥‥‥。

　だが、恥をかかされたままでは、チャンピヨンの名がすたるというものだ。

次の日、「早苗ねえちゃんはノーパンだった」と学校中にウソブいてやった！

　その日の帰りは、フルチンで下校させられるハメになった‥‥‥‥。

　‥‥‥‥俺の中で、なにかが目覚めた気がした。

その4『俺の人生の転機』

　小３の時、血液検査があった。
　そこには『O型』と書いてあった。

「河野はO型だよな〜〜〜」
　確かにそうだった。

・片付けとか苦手だし。
・細かいことは気にならないし。

・時間は守れない。

　周囲も認める典型的O型だ。

　が。みんなで献血に行った時（③巻『小さな太陽』参照）

「A型ですね」

　と、言われた。

「え‥‥‥‥‥‥」
　今さら、そんなこと言われても‥‥‥‥。
　今までO型として生きて来たのに。

　教えてくれ。
　俺は、これからどうやって生きて行けばいいんだ‥‥
‥‥‥。

とりあえず、机の引き出しの整頓をすることにした。

その5 『ままごと』

忘れもしない。
俺が生まれて初めて「ままごと」をやったのは、
孝昭と出会ってからだ。

近所の女たちはやっていたが、
それまで俺は、「ままごと」には
さそわれても入らなかった。

男としてのプライドが許さなかったからだ。

けれども、心のどっかには、やってみたい自分がいたことも確かだった。

　パパの役で、「ただいまぁ〜♪」とかな‥‥‥‥。
　実は、裏で「ただいまぁ〜♪」の練習をしたこともあったんだ。

だから、孝昭の姉ちゃんから誘われた時には、
　正直、うれしかった。

「よし！　じゃー、コウノは隣に引っ越して来たヤクザもんな！」
「え‥‥‥‥？」
　俺の知ってる「おままごと」と違う‥‥‥‥。

「どうした？　さっさと幸せな家庭を破壊に来い！」
「はかい‥‥‥‥？」

　言われるままに、幸せな家庭を破壊に行った。
　並べられた茶碗や、皿を、ひっくり返す役柄だ。

「きゃーーー、なんてことしやがる！　このヤクザもんがぁーーー！」
「う、うるせー！　こ、こ、このアマァ！」
「ほざけ！　チンピラがぁ！」

ボッコボコにやられた‥‥‥‥。

女にこんなにボコボコにやられたのは初めてだった。

俺の中で、なにかが目覚めた気がした‥‥‥‥。

その6『かくれんぼ』

小学５年生の秋だった。
放課後、女子と一緒にかくれんぼをやった。

俺は、かくれんぼなんてガキな遊びはイヤだった。
まして女と一緒になど。

ケッ！

けど、もし、かくれんぼに誘われるようなことがあったなら、

絶対ここに隠れよう、って場所だけは決めていた。

「河野クンも入る？」
「やるっ！」

　そしてついにその時が来た！

「もういいか〜〜〜い」
「ま〜だだよ〜〜〜〜」

　だから、この日は、一目散にそこに走ったんだ。

「もういいか〜〜〜い」
「ま〜だだよ〜〜〜〜」

　そこは体育用具室のボール籠の中だ。

　ここなら絶対に見つからない！
　と、心に決めてから、すでに２年の月日がたっていた。

さすがに２年かけただけある。

「加納(かのう)クン、めっけ！」
「あはは〜、めっかった〜〜」

　俺のすぐ近くにいた加納が見つかったが、俺は見つからなかった。

「だって、頭見えてたもん♪」
「そっか〜。ちっきしょ〜〜〜。あはは〜〜〜〜♪」

　見つかったのに、なにうれしそうにしてやがる。
　バカだな。加納は。

「加納クン隠れるのヘタクソだネ！」
「そうかな〜。あはは〜」

　けど、女子にめっかってイチャイチャする加納が、ちょびっとうらやましくなって、

　ボールの中から少しだけ頭を出してみた。

しかし、見つからなかった。

カンペキだ！

が‥‥‥‥‥

いつまでたってもめっからないので、わざと鬼のいる体育館まで行ってみることにした。

いつの間にか、鬼が変わっていた‥‥‥‥。

‥‥‥‥あれから幾年たっただろうか。

俺のダチが、俺たちの昔話を小説にしたのだが、
ひとつの章が、俺が一度も登場せずに終わったりしてて‥‥‥‥‥

なぜか、あのかくれんぼを思い出すんだ‥‥‥‥。

もういいか〜〜〜い
ま〜だだよ〜〜〜…………

詩集発表会

課題

詩は、けしてむずかしい言葉で飾る必要はありません。
思ったことや、目に映ったありのままの情景を、素直に表現すればよいのです。
みなさんの若い感性に期待しています！

『タンポポ』

2年1組　西条

部屋を大掃除をしたら

部屋の隅に

迷子のタンポポの綿毛がひとつ

いつからそこにいたんだろう

芽を出せるわけでもなく

花を咲かせることもないのに

けれども。じっと見つめていたら

わかったことがひとつ

タンポンって、タンポポの綿毛がヒントなんだな

評：先生はちがうと思います。
40点

　　　　　　　　『妹』
　　　　　　　　　２年２組　井上でーす

妹よ

襖(ふすま)一枚、隔てて今

小さな寝息をたててる妹よ

アイツはとってもいいヤツだから

たまには３人で

酒でも飲もうや

評：誰だか知りませんが、人の名前をかたって提出するのは悪質です。井上君も友人は選びましょう。
0点

『おばちゃんの手』

2年3組　久保

おばちゃんの手はシワシワで
あかぎれだらけで
シミだらけで
みっともなくって
けれど、俺はそんな、おばちゃんの手が好きだ

「はいよ」
俺が行くと、おばちゃんは
手に負けないくらいシワクチャの顔で
にっこりと笑って
「まいどどーもね」
ハイライトに、必ずマッチをオマケにつけて渡す

そんなタバコ屋のおばちゃんの手が
俺は大好きだ

評：タバコ屋さんのおばあさんの苦労した半生が見えてくるかのようです。あとで職員室に来なさい。
60点

『幼き日に』

2年4組　千葉

幼き日
ともだちみんなで、川で遊んだ
流れが速くっても、ちっとも怖くなんてなかった

あの水面の輝き
はじけるさざ波

そのひとつひとつが
まるで宝石のようだった

あの輝きは、もうもどらない

そう言えば、6人で行ったはずなのに
帰りは5人だった
もうひとりは、どうしちゃったのかなぁ

> 評：本当にどうしたんですか？　大人の人には報告しましたか？
> 45点

『母ちゃんの音』

<u>2年3組　河野</u>

トントントントン
包丁の音がする
あれは母ちゃんが大根を切る音

ザクザクザク
あれはキャベツを刻む音

グツグツグツ
今度はみそ汁を煮込む音

毎朝、母ちゃんはオーケストラ

シュ シュ
そしてお米の炊けた音

けど、俺の朝食は、いっつも菓子パンだ

> 評：先生、ちょっと涙が出ました。
> 65点

『姉』

2年1組　孝昭

毎朝、姉ちゃんが、俺の弁当をつくる
姉ちゃんは、朝一番の列車に乗るから
午前5時には起きて
俺の弁当をつくる

毎朝
毎朝

昨日の朝も
明日の朝も

姉ちゃんは、乱暴だけど、
料理がとってもうまいから
きっと、日本一のお嫁さんになるよ

でも、嫁に行ってもさ

たまには3人で、酒でも飲もうや

> 評：あなたが犯人ですね。
> 0点

『真っ直ぐな線』

<u>２年２組　麻生</u>

真っさらなノートの
真っ白なページに
真っ赤なインクで
真っ直ぐな線を１本ひいてみる

真っ白なページの
真っ直ぐな線は
真っ直ぐに
真っ白な僕の心に続いている

真っ白な心の
真っ直ぐな線は

葉っぱかな
葉っぱじゃないよカエルだよ

> 評：途中であきらめないように。
> 35点

『町のおまわりさん』

　　　　　　　　　　　　　　　２年

町のおまわりさんは今日もいそがしい

町のおまわりさんはやさしいから

よく子供とあそぶ
高校生ともあそぶ

時々拳銃(にんじゅう)をちらつかせる
警棒もって追いかけ回す
放送使って悪口を言いふらす
パトカーで轢(ひ)く

あんなのが警察官であっていいのか

評：そういうことは、詩にしないで県に言いなさい。
10点

総評：

全体として高校のレベルに達していない。

付録：

西条くんの
『あってないけどそれなりに意味だけ通じる諺(ことわざ)』辞典

小学館版

【さ】

サンドが飯より好き

【正：三度の飯より好き】
意：単なるサンドイッチ好き

【た】

タカビーの見物

【正：高みの見物】
意：なにやってんの？　さっさとおっ始めなさいな。
　　勝った方とつきあってあげてもよくってよ？

【ち】

乳(ちち)も涙もない

【正：血も涙もない】
意：つきあいたくない女のタイプ

【と】

とある狸の革ジャン

【正:捕らぬ狸の皮算用】
意:狸の革では、革ジャンはつくれないということ

時すでにお葬式

【正:時すでに遅し】
意:ものすごく手遅れなこと

【な】

殴ってナンクセ

【正：なくて七癖】
意：カツアゲのこと

【に】

二回目から目うつり

【正：二階から目薬】
意：テメェから告白しておきながら、２回めのデートで早くも他の女に目がいっていること

【の】

農薬口に苦し

【正：良薬口に苦し】
意：そんなもんじゃ済まないたとえ

のりかかったフネ

【正：乗りかかった船】
意：さ〜て来週のサザエさんは？『カツオの通信簿』『タラちゃんゴキゲン斜め』『のりかかったフネ』以上の3本です！

【は】

歯医者の陣

【正：背水の陣】
意：自ら退路を断つこと

【ふ】

複数、盆に帰らず

【正：覆水盆に返らず】
意：せっかく同窓会を企画したのに、都会に行ったヤツらが帰省せず、失敗に終わること

【ま】

負け犬のオーボエ

【正：負け犬の遠吠え】
意：ブラスバンド部のパート選びで、負けたヤツがオーボエ担当になること

孫にも遺書を

【正：馬子にも衣装】
意：孫にも遺書を残さないと相続争いがひどくなることを表すいましめ

マイケルが勝ち

【正：負けるが勝ち】
意：なんだかんだ言いながらも、ジャクソン兄弟では、マイケル・ジャクソンの一人勝ちだったこと

【み】

実も豚肉もない

【正：身も蓋もない】
意：もはや豚汁とは呼べないこと

水とアラブ

【正：水と油】
意：アラブは石油は豊富だが、水はないこと

水のアワー♪

【正：水の泡】
意：水泳授業のこと。特に男女一緒の時をさす

ミから出るサビ

【正:身から出た錆】
意:「♪ミ〜は、み〜んなのミ〜」
　「西条くん、ドの時と音程が変わっていませんよ?」

【む】

昔とった衣笠(きぬがさ)

【正:昔とった杵柄(きねづか)】
意:BJの諺。国民栄誉賞を受賞した広島カープの『鉄人・衣笠』の引退を惜しんだものと思われる

娘1人に向こうは8人

【正:娘ひとりに婿八人】
意:合コンで、7人の女友達が裏切ってドタキャンすること

無純

【正:矛盾】
意:純情さのカケラもないこと

娘18、番長の出番

【正：娘十八番茶も出花】
意：「お前らすっこんでろ。ここは代表のオレが‥
‥‥」
　　「ズルいッスよ、番長だけ！」

【め】

目上の昆布

【正：目の上のコブ】
意：「おお、テメェか？　今度生えて来た新米コンブは」「はい！　よろしくお願いします！」

【や】

夜勤が回る

【正：ヤキがまわる】
意：うっかり、夜勤の警備員さんが回って来る時間まで学校に居残ってしまうこと

野生の大食い

【正：痩せの大食い】
意：「やっぱり野生の熊はちがうなぁー」「感心してないで逃げろ！」
類：**野生のエルザ**

【り】

流行だべ
りゅうこう

【正：竜頭蛇尾】
意：東京で流行っていると言われると、無条件に信じてしまう田舎の若者のこと

【れ】

歴史は繰り返し繰り返し

【正：歴史は繰り返す】
意：勉強法のアドバイス

【ろ】

6あれば9あり

【正：楽あれば苦あり】
淫意：6と9のこと
児意：3の段

老婆シーン

【正：老婆心】
意：成人映画で見る価値のない場面のこと

ロングよりショート

【正：論より証拠】
意：髪型による女の好み
引：その昔、女ったらしで評判の男に恋していた和美という女子中学生が、男が髪の短い女性の前で

「ロングよりはショートが好き」と言ったのを耳にして、自ら長い髪を切った。その翌日、男は髪の長い女性の前で「やっぱりロングがいいね！」と言っているのを聞き、一晩中落胆したという中国の故事から。

【わ】

ワカメの怒り

【正：若気の至り】
意：さ〜て来週のサザエさんは？『カツオ家出する』『タマのお嫁さん』『ワカメの怒り』以上の3本です！

小学館文庫 好評新刊

もしもを叶えるレストラン
アントネッラ・ボラレーヴィ
中村浩子/訳

失われたチャンスを取り戻せるという、パリのレストランを訪れたイタリア女性が選んだ「やり直したい、過去」とは？

八月の光、あとかた
朽木祥

原爆投下直前、人々はあの場でどう過ごし、被爆後をどう生き抜いたか——被爆二世の作家が綴った「命」の物語。

ぼくたちと駐在さんの700日戦争 24
ママチャリ

スケバンお蘭に転入生の花ちゃんが挑む。私立女子校「北女」の頂上を賭け、ついに市営グランドの決戦が始まる！

記憶障害の花嫁
北海道放送報道部取材班

交通事故で記憶障害となり、車椅子生活を送る女性が、多くの困難を乗り越え、結婚・出産を成し遂げた感動実話。

「靖国神社」問答
山中恒

靖国の神とは？合祀とは？「少国民シリーズ」の著者が、膨大な資料から一問一答形式で問題の本質を解説する。

芽つきのどんぐり
本上まなみ

始末屋→野菜→田舎→蚊→傘→サボテン……読んでしみじみ笑って幸せになれる〈しりとり式〉名エッセイ…45篇。

小学館文庫 好評新刊

ヨーロッパ 美食旅行
野地秩嘉

パリ、ローマのレストランからモスクワ、クロアチアまで、人気ノンフィクション作家が巡る19都市の美食の旅。

おれたちを笑うな！ わしらは怪しい雑魚釣り隊
椎名誠

堤防カラアゲに絶叫し死に辛ソバでアヒアヒ化、済州島のサバイバル釣りに海浜強化合宿など抱腹絶倒の釣り紀行。

花宵道中 1〜6
斉木久美子/画
宮木あや子/作

生まれて初めて恋を知った遊女の、切なくも華麗な恋物語を、斉木久美子が瑞々しいタッチで完全ビジュアル化。

小説版 ホテルコンシェルジュ 上
モラル/著
松田裕子/脚本

外資系ホテルを舞台に、お客のトラブルを若き女性コンシェルジュたちが解決していく連続ドラマのノベライズ。

鸚鵡楼の惨劇
真梨幸子

1962年から半世紀にわたり、西新宿で繰り返し起きる忌まわしき事件。ベストセラー作家、戦慄のミステリ！

ベッドのおとぎばなし
森瑶子

にわか雨の都会で、ふと立ち寄ったレストランで、偶然に必然に出会った男女が生々しく繰り広げる情事の数々。

小学館文庫
好評既刊

付添い屋・六平太 玄武の巻 駆込み女

金子成人

浪人六平太の稼業は商家の子女の外出を案内・警護する付添い屋。時代劇の大物脚本家が贈る王道時代劇第5弾!

ディアレスト ガーデン

遠野りりこ

天才画家が夭逝し息子と妻が残される。息子が19の時、母に求婚する男が──少年期との別れを描くほろ苦い物語。

リスクの神様

佐野洋子

街に飛び出した椅子と海が見たかったゴリラの悲しい恋の物語や兎・犬・豚など、動物を主役にした30の超短篇。

ゴリラ/ほんの豚ですが

百瀬しのぶ/著
橋本裕志/脚本

トラブルに巻き込まれた企業や個人、その家族を救う危機管理専門家の活躍を描く、硬派な本格社会派ストーリー。

もぞもぞしてよ

朽木祥

高校のテニス部で部活に打ち込む少年たちのあつい友情と避けがたい人生の悲しみを描く、明るく切ない青春物語。

オン・ザ・ライン

逆説の日本史 幕末年代史編 Ⅰ 18

井沢元彦

偽奉行に議言、条約文の誤訳……ペリーを激怒させた幕末のお粗末な外交には『言霊の国』ならではの事情があった!

小学館文庫 好評既刊

生と死にまつわるいくつかの現実
ベリンダ・バウアー
吉井智津/訳

英国で起きた連続殺人事件をめぐり、家族崩壊に心を痛める少女と周囲の人々の心模様を描くサイコ・スリラー。

エッフェル塔くらい大きな雲を呑んでしまった少女
ロマン・プエルトラス
吉田恒雄/訳

デビュー作がフランスで30万部のベストセラーとなった作家の第2弾。笑って泣けるハートウォーミング・ノベル。

お江戸ありんす草紙 瓜ふたつ
七瀬晶

時は寛政、生まれてすぐ引き裂かれた双子の姉妹が、再び巡り合い、巻き起こす、笑いと涙の入れ替わり騒動記！

書くインタビュー 1
佐藤正午

作家はいかにして小説を"つくって"いるのか。1年半に及ぶ質疑応答メールを収録したユニークな「文章読本」。

書くインタビュー 2
佐藤正午

いよいよ新作の準備に入った小説巧者。長編『鳩の撃退法』の執筆秘話が詳細に記されたインタビュー読本、第2巻。

夜ごとの揺り籠、舟、あるいは戦場
森瑤子

冷え切った夫婦仲や家族との不協和音の原因が自身が抱える闇と気づく……女の心の深淵を官能的に描いた問題作

小学館文庫 好評既刊

未だ王化に染はず 中原清一郎

幻の古代民族と運命の連鎖。人間の存在の根源を問う凄絶なる歴史ミステリの傑作を二十九年の時を経て初文庫化。

読んでいない絵本 山田太一

30年も昔、大学生だった「私」が見た異様な出来事を描いた幻想的な短篇ほか戯曲とテレビドラマを加えた物語集。

小樽 北の墓標 西村京太郎

上野公園で発見された女性の死体と、先輩刑事の父の死因にはどんな接点が。十津川警部、捜査ミスで大ピンチに!

もののはずみ 堀江敏幸

旧式映写機、万年暦、色鉛筆……フランスの古道具屋や蚤の市で出会った「もの」たちが紡ぐ珠玉のエッセイ集。

どん底 部落差別自作自演事件 髙山文彦

5年にわたり届いた差別ハガキ44通。逮捕された犯人は被害者本人だった——前代未聞の差別事件の犯人に迫る。

ジャポニズムに夢中 愛しのジュエラー 和田はつ子

ジュエリースクールのみな美と北斗に、ジャポニズムがテーマの作品依頼が…宝石の魅力を伝えるシリーズ第二弾!

小学館文庫 好評既刊

愛を積むひと 豊田美加
第二の人生を求め、北海道・美瑛にやってきた夫婦に訪れる悲劇。だが帰らぬ妻から夫への手紙が次々と届き――。

海街diary 朝原雄三/福田卓郎
父の葬式で異母妹すずに出会い、一緒に暮らすことになった三人の姉たち。鎌倉で四姉妹の生活が始まったが……。

ハンサムガールズ 高瀬ゆのか/吉田秋生/是枝裕和
自立した大人の女性たちの生き方を鮮やかに描いたオムニバス長編。森作品の復刊第一弾! 解説は藤原紀香さん。

女の名前 森瑤子
直木賞作家・桜木紫乃にとっての「母なる一冊」。東北の小都市に暮らす女流詩人が心と文化を綴った珠玉の随筆集。

史上最強の大臣 小野寺 笒
17万部突破のベストセラーシリーズ続編!『史上最強の内閣』が、大阪府知事の依頼で、理想の教師を全国から派遣!?

伊勢神宮の智恵 室積 光
遷宮の広報室長を務めた著者が〝世界一古くて新しい〟伊勢神宮に伝わる「日本人の智恵」について書き下ろす。

河合真如/宮澤正明

小学館文庫 好評既刊

鴨川食堂 柏井 壽

鴨川親娘とトラ猫がお迎えする看板のない食堂へようこそ！ 京都のカリスマ案内人が、思い出の味を捜します。

バタフライ・エフェクト カーリン・アルヴテーゲン ヘレンハルメ美穂/訳

死を待つ五十代女性、カウンセラー依存の娘、事件で心を病む男──北欧ミステリの女王が描く濃密な人間ドラマ。

ライアの祈り 森沢明夫

鈴木杏樹主演映画『ライアの祈り』原作。青森県八戸を舞台にバツイチの桃子と考古学者の恋を描く感動の物語。

斬ばらりん3 薩摩炎上編 司城志朗 川島 透

生麦事件以来くすぶる薩摩藩と英国との火種。幕末志士と最後のサムライが激動の時代を疾駆する痛快活劇第3弾。

夫婦フーフー日記 川崎フーフ 林 民夫

17年間友達で、1年ちょっと夫婦、9か月だけ母親だった──実話から生まれた「まさか！」の映画化ノベライズ。

恋する♥ヴァンパイア 鈴木 舞

2015年4月公開「恋する♥ヴァンパイア」原作。ヴァンパイアの少女と人間の男の子との禁断の恋の行方は？

小学館文庫 好評既刊

ぼくたちと駐在さんの700日戦争 23 ママチャリ

グレート井上君の許嫁・花ちゃんは、なぜママチャリの町でスケ番になったか。「花ちゃん番外編」二幕・三幕!

丘の上の邂逅 三浦綾子

キリスト者の視点で愛と信仰を描き、多くの忘れ得ぬ作品を残した著者による、珠玉のエッセイが待望の文庫化。

ほっこりおうちごはん
「どうぞ飯あがれ」 柴門ふみ

人気マンガ家の食エッセイ。多忙な中、家族のために、毎日食事を作り続けてきたそのレシピとエピソードが満載。

グッド・ガール メアリー・クビカ
小林玲子/訳

衝撃のラスト10ページに全米が震えた、ポスト『ゴーン・ガール』と話題沸騰の傑作サスペンスがついに日本上陸!

死を受けとめる練習 鎌田實

緩和ケア病棟での診察の日々や、東日本大震災の支援活動などを通して考えた、怖がらずに「死」と向き合う術。

起終点駅(ターミナル) 桜木紫乃

北海道各地を舞台に、現代人の孤独とその先にある光を描いた短編集。直木賞作家・桜木紫乃作品、初の映画化!

本書のプロフィール　　　　

本書は、著者の同タイトルブログで連載していた「番外編マスカレード」に、加筆・改稿したものです。